Les grandes inventions de l'histoire

Dans la série Mémo

(extraits)

Dieux et héros de la mythologie grecque, Librio n° 593
Difficultés du français, Librio n° 642
Les rois de France, Librio n° 650
Dieux et pharaons de l'Égypte ancienne, Librio n° 652
Dictées pour progresser, Librio n° 653
Dictionnaire de rimes, Librio n° 671
Figures de style, Librio n° 710
Mouvements littéraires, Librio n° 711
Histoire de l'art et des styles, Librio n° 714
Histoire romaine, Librio n° 720
La cuisse de Jupiter, Librio n° 757
Le dico de la philo, Librio n° 767
Le mot juste, Librio n° 772
Chronologie universelle, Librio n° 773
Petit atlas de la France d'aujourd'hui, Librio n° 780
Les reines de France, Librio n° 782
Dictionnaire des personnages de la Bible, Librio n° 795
Le dico du citoyen, Librio n° 808
*Les grandes dates du xx*e *siècle,* Librio n° 852
Les grands noms de l'histoire, Librio n° 853
Les grands discours de l'histoire, Librio n° 854
Les grandes dates de l'histoire de France, Librio n° 873
It's raining cats and dogs, Librio n° 874

Kevin Labiausse

Les grandes inventions de l'histoire

Librio

Inédit

Sommaire

« L'invention de la machine à vapeur
a changé de mille façons les idées, la morale,
la politique et même la religion. »

ALAIN, *Histoire de mes pensées*

Introduction

La roue, le papier, la boussole, l'imprimerie, la machine à vapeur, le béton armé, le moteur à explosion, le cinématographe, l'ordinateur... Toutes ces inventions, aujourd'hui incontournables au point d'être devenues banales, ont révolutionné et profondément modifié notre quotidien. Elles sont loin d'être le fruit de la réflexion d'une seule personne. Une invention est d'abord l'aboutissement du travail d'une équipe et le résultat d'un perpétuel désir de perfection. Souvent issue des recherches simultanées de différents scientifiques qui ne se connaissent pas car séparés par des milliers de kilomètres, elle prend tout son sens et trouve toute son utilité après une évolution qui a pu durer plusieurs siècles. Le monde des inventeurs peut alors paraître injuste quant à la question de la paternité : de nombreuses personnes, indispensables au cheminement d'une idée, tombent dans l'oubli pour ne faire place, quelquefois, qu'à un seul individu dont le talent est de procéder à une synthèse d'inventions antérieures et dont le nom jouit d'une éternelle notoriété.

Pour apprécier l'ensemble des éléments réunis dans ce livre, il faut rappeler la distinction entre découverte et invention. La découverte révèle ce qui existe déjà : elle identifie une chose ou un phénomène établi dont nous n'étions pas encore conscients. L'invention, elle, est le fait de l'intervention de l'homme en vue de créer quelque chose qui n'existe pas encore. Elle tente souvent de répondre à un besoin et dépend alors des nécessités du moment. Elle essaie toujours d'améliorer un procédé existant tout en profitant parfois d'un miraculeux hasard.

Kevin LABIAUSSE

Première partie

Les premiers pas de l'homme

2 500 000 avant J.-C. : l'outil de pierre

Les plus anciens outils de pierre ont été découverts sur le sol éthiopien et datent du paléolithique inférieur. Ils font clairement débuter la vie de l'homme sur Terre car leur existence laisse entendre que les mains sont enfin libres et que le cerveau développe des fonctions motrices. Les premiers outils sont des galets qui sont façonnés pour devenir coupants. Apparaissent ensuite les bifaces en silex qui nécessitent un travail plus élaboré et dont les éclats, de plus en plus fins, ont davantage d'utilité. Parallèlement, deux autres matériaux sont utilisés par l'homme : l'os et le bois.

400 000 avant J.-C. : le feu

Le feu est apparu à l'époque d'*Homo erectus* et son usage se développe sous *Homo sapiens*. Les circonstances de sa découverte restent difficiles à déterminer : est-il récupéré d'un incendie naturel puis entretenu, ou est-il le résultat de la friction de matériaux ? La question reste sans réponse. De même, on ne peut pas s'avancer de façon très affirmative sur l'usage du feu comme chauffage, immédiatement après sa découverte. Quant à l'utilisation du feu pour se défendre ou pour cuire les aliments, les traces manquent.

35 000 avant J.-C. : l'emmanchement

Les premiers outils équipés d'un manche remontent au paléolithique supérieur. Ils sont apparus grâce au débitage laminaire de la pierre et au travail de fabrication de petites pièces pointues appelées microlithes. Ils permettent d'offrir à l'homme une meilleure prise sur l'outil et une plus grande force de percussion.

Xe millénaire avant J.-C. : l'agriculture et l'élevage

De la cueillette et de la chasse, l'homme passe, au néolithique, à un mode de subsistance totalement différent, reposant sur l'agriculture et l'élevage. Cette transition a d'abord lieu au Proche-Orient, au Xe millénaire avant J.-C. Elle est également observée dans d'autres foyers de population du monde. Elle s'explique par la croissance avérée d'une population devenue sédentaire et réclamant de plus grands besoins alimentaires.

Xe millénaire avant J.-C. : la chirurgie

Dès le mésolithique, à la suite de blessures reçues à la chasse et à la guerre, les hommes préhistoriques pratiquent la chirurgie en effectuant des trépanations. L'examen de squelettes datant du néolithique prouve que les opérations sont déjà maîtrisées et que les sujets y survivent. La civilisation égyptienne est sensible à la chirurgie tandis qu'Hippocrate ne fait appel à elle qu'en dernier recours. Les recherches avancées des médecins d'Alexandrie sur l'anatomie ne servent pas l'Occident médiéval qui respecte l'interdit religieux.

VIIe millénaire avant J.-C. : la poterie

C'est au VIIe millénaire avant J.-C. que la technique de la poterie se transmet et que ses produits deviennent incontournables, précisément pour chauffer les aliments et conserver les liquides. Il ne s'agit donc que de simples récipients, soit moulés avec les doigts, soit composés de plusieurs boudins d'argile, soit formés dans un panier tressé. La fabrication est peu à peu maîtrisée et une modeste industrie voit le jour sur les sites de bonne terre argileuse. La matière première, à laquelle on peut ajouter des végétaux, permet également de réaliser des figurines et des briques. La poterie se trouve révolutionnée avec l'invention du tour de potier, contemporaine de celle de la roue.

VIe millénaire avant J.-C. : la fourchette

Les premières fourchettes retrouvées en Turquie, sur le site archéologique de Çatal Höyük, dateraient du VIe millénaire avant J.-C. Il faut ensuite attendre le Moyen Âge pour retrouver leurs traces, avec l'inventaire du roi d'Angleterre Édouard Ier qui recense sept fourchettes dont une en or en 1307. D'abord réservée à l'usage de la haute noblesse, la fourchette se généralise dans les foyers à partir de la fin du XVIIIe siècle, quand les assiettes et les verres deviennent individuels lors des repas.

V^e^ millénaire avant J.-C. : la mine

Déjà au néolithique, les hommes puisent certaines des matières premières indispensables à la fabrication des outils de leur survie dans des sites dont les apparences ressemblent à celles des carrières ou de nos mines actuelles si l'on prend en considération les puits qui y ont été creusés. L'une des plus vieilles exploitations de silex est localisée en Belgique et date du Ve millénaire avant J.-C. L'homme se concentre principalement sur l'extraction de pierre. C'est seulement au IIIe millénaire qu'il se tourne vers l'extraction de minerais.

V^e millénaire avant J.-C. : le cuivre

L'apparition du métal vient bouleverser le quotidien de l'homme. Au VIIIe millénaire avant J.-C., le cuivre est découvert mais reste sommairement utilisé. C'est au Ve millénaire que sont réalisés les premiers objets perfectionnés, justifiant d'une maîtrise de la métallurgie dont les circonstances de découverte restent mystérieuses. D'autres métaux sont utilisés à la même époque, comme l'or et l'argent. La première technique de transformation est d'abord le martelage, détrôné par le chauffage, l'homme profitant des qualités malléables du métal pour le couler dans des moules. La métallurgie s'impose véritablement quand il devient possible d'extraire les métaux de leurs minerais.

V^e millénaire avant J.-C. : le tissage

On pourrait faire remonter le travail des fibres naturelles au paléolithique, mais le peu d'indices retrouvés ne nous permet pas de formuler une généralité. En revanche, il est certain que le tissage est pratiqué au néolithique grâce à la découverte en Égypte de textiles datant du Ve millénaire avant J.-C. Déjà à cette époque, l'homme utilise un métier à tisser vertical, certes rudimentaire, mais démontable et qui s'adapte donc parfaitement aux populations nomades. L'art du filage s'est véritablement développé avec la sédentarisation de la population préhistorique. Selon l'endroit, les fibres employées sont le lin, le coton ou la laine. Le mouton est donc un animal déjà domestiqué, notamment en Mésopotamie. Parmi de nombreux exemples, on peut distinguer les grandes qualités techniques et artistiques des Péruviens qui combinent des fils de différentes couleurs pour obtenir des motifs particulièrement élaborés.

IVe millénaire avant J.-C. : la cité

Ce sont les grandes cités mésopotamiennes, telles que Ur sur la rive de l'Euphrate, qui ouvrent la voie de l'urbanisation. Elles sont les grandes novatrices en matière de construction, utilisant la brique, le bitume et le béton pour bâtir leurs maisons, leurs monuments religieux à voûtes et à dômes, ainsi que leurs égouts. Composées d'une ville et d'une campagne, elles sont considérées comme de petits États dans lesquels toute une société s'organise autour d'un gouvernement, d'un corpus de lois et de codes religieux. L'Indus est également une région partiellement urbanisée, dont le rigoureux plan d'ensemble est associé à un système moderne d'adduction d'eau.

IVe millénaire avant J.-C. : l'écriture

Les premières écritures sont syllabiques et alphabétiques : ce sont les idéogrammes purs utilisés en Chine et les idéogrammes partiellement phonétisés d'Égypte. L'écriture sumérienne, considérée comme la véritable première écriture humaine, repose sur des pictogrammes ressemblant à nos rébus, progressivement transformés en signes cunéiformes car plus rapides à écrire. C'est alors l'émergence de la fonction de scribe qui inscrit ces nouveaux caractères sur des tablettes d'argile avec un stylet. Adoptés par les peuples de Mésopotamie, les signes cunéiformes sont pourtant totalement différents dans leur apparence des hiéroglyphes utilisés par les Égyptiens à la même époque. Les Phéniciens apportent de nouvelles améliorations pour aboutir au premier alphabet, vers 1200 avant J.-C.

IVe millénaire avant J.-C. : la roue

Les circonstances de l'invention de la roue nous sont totalement inconnues. En revanche, on sait que ses applications sont essentiellement dédiées à la poterie et au transport. Des tours de potier datant d'environ 3500 avant J.-C. sont retrouvés en Mésopotamie, ce qui atteste une vraie réflexion sur son mécanisme et sur l'énergie centrifuge qu'il développe. La roue comme élément indispensable au transport apparaît à la même époque et dans la même région. Des représentations de chariots en bois à roues pleines viennent confirmer leur usage quotidien, dans les domaines militaire, architectural ou funéraire. Au IIe millénaire avant notre ère, la roue devient à rayons et connaît une nouvelle application, celle de l'irrigation, avec la noria.

IVe millénaire avant J.-C. : l'araire

Il est impossible de dresser un panorama complet des outils qui ont précédé l'élaboration du premier araire, l'outil moderne permettant de labourer. On peut uniquement parler de la pioche, de la houe de pierre et de métal, ou de simples bâtons. L'araire apparaît sur des représentations mésopotamiennes et égyptiennes dont les plus anciennes datent du IVe millénaire avant J.-C. Contemporain de la domestication des bovidés, il est tracté par des bœufs ou des buffles selon l'endroit. Il est essentiellement composé de trois éléments : les mancherons tenus par l'homme, le sep qui entre en contact avec la terre et l'age qui relie l'outil à l'animal. Devenu à un seul mancheron, l'araire est progressivement remplacé par la charrue à partir du Ier siècle après J.-C. Cette dernière prend appui sur un avant-train à roues, puis s'équipe d'un coutre, d'un soc en fer et d'un versoir.

IIIe millénaire avant J.-C. : le bronze

L'apparition et la diffusion de la métallurgie permettent à l'homme d'inventer l'alliage, annonçant ainsi l'âge du bronze. L'utilisation de l'étain est indispensable à la fabrication du bronze et nécessite l'ouverture de nouvelles routes commerciales. Ce premier alliage offre à l'homme un métal plus dur et plus résistant, venant améliorer les qualités des outils et des armes de l'époque

IIIe millénaire avant J.-C. : le nombre

Les Sumériens sont les premiers hommes à offrir une représentation écrite à la notion de quantité. Oubliant les précédents systèmes primitifs ne pouvant comptabiliser des nombres élevés, ils donnent à des symboles des valeurs différentes selon leur emplacement. De plus, ils utilisent un bâton de forme triangulaire dont l'impression verticale représente les unités et l'impression horizontale les dizaines. Un signe déplacé d'un cran vers la gauche voit sa valeur augmenter de soixante fois.

IIIe millénaire avant J.-C. : le verre

L'invention du verre est probablement l'œuvre involontaire d'émailleurs égyptiens et mésopotamiens du IIIe millénaire avant J.-C. D'abord opaque, le verre devient transparent et se diffuse à travers le bassin méditerranéen, dans les sphères aisées de sa population. La technique du soufflage du verre permet les débuts d'une florissante industrie sous l'Empire romain dont les productions se révèlent être d'une grande qualité artistique.

IIIe millénaire avant J.-C. : le bateau à voile

L'homme prend très rapidement conscience de l'intérêt des fleuves pour le transport des marchandises. Les premiers bateaux construits durant la Préhistoire sont à rames ou à pagaies. Les Égyptiens sont assurément les premiers à utiliser la navigation à voile qu'ils exposent sur leurs peintures murales. Le navire possède une voile de forme trapézoïdale en papyrus ou en lin, hissée sur un mât placé à l'avant. Ce sont deux rames de gouverne qui permettent de le diriger. D'abord concentrés uniquement sur la navigation fluviale, les Égyptiens s'ouvrent à la mer en longeant les côtes orientales de la Méditerranée.

IIIe millénaire avant J.-C. : le barrage

Le premier barrage fixe est égyptien. Long de 600 mètres et haut de 16, il est commandité par Ménès, le premier roi, en vue de fonder la ville de Memphis, sur une plaine proche du Nil. Le barrage voûté, tel que nous le construisons aujourd'hui, accroché dans le rocher à ses extrémités, est évoqué dès 560 par l'historien Procope dans sa description de la ville de Damas.

IIIe millénaire avant J.-C. : le calendrier

Pour un peuple en voie de civilisation, il est indispensable de diviser le temps afin d'y fixer les grands événements de la communauté. Au IIIe millénaire avant J.-C., les cités de Babylone sont les premières à appliquer un calendrier, correspondant aux mouvements de la Lune, mais soumis à de perpétuelles corrections. Elles utilisent également un calendrier simplifié de douze mois et de trente jours chacun. À la même époque, sous le règne de Djoser, les Égyptiens instituent un calendrier reposant sur les trois périodes de l'activité agricole du pays et qui est aussi sujet à des modifications répétées. Ces premiers calendriers portent en eux le même objectif que leurs successeurs, qu'ils soient julien, grégorien, israélite ou musulman : enfermer le temps dans un cycle régulier et officiel.

IIIe millénaire avant J.-C. : le vin

La culture de la vigne et les techniques de fermentation du jus débuteraient dans le sud du Caucase au IVe millénaire avant J.-C. Elles sont attestées en Égypte et en Mésopotamie vers le IIIe millénaire grâce à des représentations picturales et des textes de loi. La colonisation grecque sur les bords de la Méditerranée est contemporaine de la diffusion de la viticulture dans ces régions. Les Romains poursuivent cette œuvre agricole au-delà de leur mer, comme en Gaule et en Germanie, et approfondissent les réflexions œnologiques. Le caractère sacré du vin permet une constante augmentation de la culture et une spécialisation des régions de production.

IIe millénaire avant J.-C. : la pharmacologie

La plus ancienne prescription pharmacologique, retrouvée dans les ruines de la cité sumérienne de Nippour, date du IIIe millénaire avant J.-C. Elle décrit la fabrication par l'homme de médicaments à base d'éléments naturels, essentiellement de plantes. Elle laisse entendre également l'importance de la magie dans la guérison d'une maladie qui est toujours perçue comme la manifestation d'une punition divine. En Égypte, les remèdes font appel à des produits issus de la nature, d'une très grande diversité et d'une forme parfois singulière si l'on prend pour exemples les toiles d'araignée, le lait d'ânesse, les viscères de porc ou les excréments de crocodile.

IIIe millénaire avant J.-C. : le savon

La Mésopotamie est le lieu de découverte de la plus ancienne méthode de fabrication du savon. Datant de 3000 ans avant notre ère, elle consiste en un mélange d'un volume d'huile et de cinq volumes de potasse. Les Romains modifient la recette en employant de la pâte d'huile d'olive et de la pierre ponce. Les oliveraies des côtes méditerranéennes font de la cité de Marseille le haut lieu de la production savonnière quelques siècles plus tard.

IIe millénaire avant J.-C. : le fer

Dès la fin du Ve millénaire avant J.-C., un premier fer, issu des météorites, est travaillé par martelage, puis à l'état pâteux. L'usage répandu du fer, amorcé par les Hittites à partir de - 1200, détrône définitivement celui du bronze. Ce dernier souffre d'un approvisionnement en étain parfois difficile. Le fer aciéré, lui, est produit superficiellement en réduisant du minerai par le carbone d'un feu au charbon de bois. L'âge du fer s'ouvre grâce à l'exploitation d'importants gisements découverts en Méditerranée orientale et en Europe. La très grande résistance de ce métal en fait un élément indispensable dans l'artisanat de l'homme.

IIe millénaire avant J.-C. : le cadran solaire

C'est l'historien grec Hérodote (v. 484-v. 420 av. J.-C.) qui, le premier, fait mention de l'ancêtre du cadran solaire, appelé gnomon, inventé par les Babyloniens. On peut avancer l'idée que le gnomon est utilisé longtemps avant cette première mention. Le principe en est simple : un bâton planté dans le sol projette son ombre sur un plan sur lequel on peut déterminer, à la suite d'observations préalablement établies, les heures de la journée et les périodes de l'année. L'invention est transmise aux Égyptiens qui créent le véritable cadran solaire vertical au XIIIe siècle avant J.-C. À la même époque, les Mésopotamiens inventent le polos où l'ombre du style est projetée sur une demi-sphère creuse.

IIe millénaire avant J.-C. : l'armure

L'armure est probablement inventée en Mésopotamie, vers 2000 avant J.-C. D'abord composée d'écailles de bronze, elle se transforme progressivement et se diffuse très largement pour être adoptée par les samouraïs japonais. Plus tard, les hoplites grecs ajoutent les jambières et la cuirasse. Parallèlement, l'armure à mailles métalliques apparaît en Russie vers - 500, mais rencontre son usage le plus légendaire durant le Moyen Âge.

Deuxième partie

Les perfectionnements de l'Antiquité et du Moyen Âge

VIIe siècle avant J.-C. : la monnaie

Certaines des premières grandes civilisations vivent du troc mais ce système d'échange est fort contraignant. Au VIIe siècle avant J.-C. apparaît la première monnaie sous la forme d'hameçons au Proche-Orient et en Polynésie. À la même époque, les Chinois utilisent des répliques miniatures d'objets possédant la même valeur que ceux de taille réelle. Les premières pièces de monnaie sont mises en circulation dans le royaume de Lydie, en Asie Mineure, vers - 700. De la forme d'un petit lingot frappé d'un sceau et d'un poinçon, elles sont composées d'un alliage d'or et d'argent. De nouvelles pièces d'apparence ronde voient le jour dans l'ensemble du monde méditerranéen antique. D'abord frappées à l'effigie des dieux, elles portent ensuite l'image du souverain de leur cité d'appartenance.

VIIe siècle avant J.-C. : l'aqueduc

Le premier repère connu sur la construction des aqueducs date de 703 avant J.-C. Le roi assyrien Sennachérib commandite cette année-là l'érection d'un aqueduc à ciel ouvert, l'aqueduc de Jerwan, d'une longueur évaluée à 50 kilomètres, pour alimenter en eau Ninive, la capitale en pleine expansion de son empire. Alors que les Grecs préfèrent le principe de l'aqueduc souterrain, l'Empire romain diffuse l'aqueduc à arcades. L'aqueduc moderne apparaît au XIIe siècle dans la ville de Gênes.

VIe siècle avant J.-C. : la bibliothèque publique

C'est en 540 avant J.-C. que s'ouvre à Athènes la première bibliothèque publique, fondée par Pisistrate. Sur le même modèle est créée la grande bibliothèque d'Alexandrie, en - 284. La construction d'un tel lieu de culture sur le sol africain par Ptolémée Ier, l'un des généraux d'Alexandre, vise surtout à légitimer le pouvoir hellénistique. La bibliothèque disparaît dans les flammes au Ier siècle, quand les troupes de Jules César incendient la flotte d'Alexandrie.

IVe siècle avant J.-C. : la balance

Ce sont des balances retrouvées dans une tombe égyptienne qui nous permettent d'évaluer leur date approximative d'invention à 3500 avant J.-C. La balance égyptienne est composée d'un fléau suspendu en son centre et de deux plateaux. Elle est déjà associée à des étalons de mesure dont se servent les fonctionnaires. Elle sert essentiellement à peser l'or et tient un rôle très important à l'époque du troc. Plus tard apparaît la balance romaine dont les deux bras sont de longueur inégale. C'est au XVIIe siècle que Roberval, de son vrai nom Gilles Personne, révolutionne le pesage en disposant les plateaux au-dessus du fléau.

IVe siècle avant J.-C. : la catapulte

La catapulte est apparue au IVe siècle avant J.-C., sous Denys l'Ancien, le tyran de la colonie grecque de Syracuse. Elle permet de lancer à longue distance des pierres et des éléments enflammés vers le camp ennemi. La baliste, inventée à la même époque, repose sur un principe identique et tire des flèches et des poids. L'élasticité de la corde permettant de faire fonctionner les deux dispositifs est obtenue grâce à l'usage de tendons d'animaux. La catapulte annonce le trébuchet du Moyen Âge.

IIIe siècle avant J.-C. : le réseau routier

Les premières routes datent de l'Égypte du IIIe millénaire avant J.-C. mais elles ne s'insèrent pas encore dans un réseau cohérent. Néanmoins, elles utilisent déjà des fondations en brique et des dalles de pierre. C'est à partir de l'époque de l'unification chinoise et de l'extension de l'Empire romain que la route est considérée comme l'élément d'un quadrillage de voies de communication, indispensable à une domination politique, militaire et commerciale. S'il reste peu de traces des voies chinoises du fait de la faible résistance de leurs matériaux, le souvenir des routes romaines a survécu pour certaines d'entre elles, notamment sous le tracé de quelques-unes de nos autoroutes actuelles.

Ier siècle avant J.-C. : le moulin à eau

On ignore encore l'origine exacte du moulin à eau mais il est fort probable que ce dernier soit le résultat des perfectionnements apportés à la noria utilisée au Proche-Orient pour l'irrigation. Les réflexions d'Archimède sur les engrenages au IIIe siècle avant J.-C. annoncent la fabrication des mécanismes d'entraînement qui viennent équiper les premiers moulins à eau, notamment ceux de Grèce du Ier siècle avant J.-C., bien avant l'apparition des moulins à vent. Le dispositif reste rudimentaire : une roue à aubes de bois verticale dont l'arbre est directement relié à une meule tourne sur une autre meule fixe. Le moulin à eau prend son véritable essor au XIe siècle.

Ier siècle avant J.-C. : le papier

Le premier papier utilisé est chinois et semble issu du trempage involontairement prolongé de chiffons de chanvre et de jute. Il devient vite une nouvelle alternative au bois, au papyrus, à l'os, au parchemin, au métal ou au tissu, pour l'écriture. Il sert également à la décoration intérieure et à la fabrication d'objets divers. Au IIe siècle après J.-C., le haut fonctionnaire chinois Cai Lun serait à l'origine de l'amélioration de la technique papetière. C'est seulement au VIIe siècle que les Chinois transmettent le secret de fabrication de leur papier aux Arabes et au Xe siècle que ces derniers le transmettent eux-mêmes aux Occidentaux, encore attachés au parchemin.

Ier siècle : la distillation

Déjà pratiquée et représentée sur des tablettes en Mésopotamie au IIe millénaire avant J.-C., la distillation est clairement exposée par le savant grec Dioscoride au Ier siècle de notre ère. Elle consiste en l'évaporation et la recondensation d'un liquide, la sublimation relevant du même processus pour un solide. Elle se perfectionne vite avec l'apparition sur le récipient des premiers tubes permettant de recevoir le distillat. C'est ainsi que les alchimistes alexandrins donnent aux alambics l'apparence qu'on leur connaît aujourd'hui.

Ve siècle : la numération décimale

La numération décimale consiste à déterminer la grandeur d'un chiffre en fonction de sa position. Grâce au système des retenues, elle simplifie d'une façon considérable des opérations qui paraissent alors très complexes. Cette méthode est clairement présentée dans l'ouvrage du mathématicien indien Aryabhata, daté de 499. Pourtant, elle serait déjà pratiquée par les Babyloniens au IIIe millénaire avant J.-C. Elle est transmise à l'Occident au Xe siècle de notre ère et n'est adoptée que trois cents ans plus tard, sous l'impulsion de Leonardo Fibonacci.

VIIIe siècle : l'imprimerie

Les Chinois développent et diffusent les premières techniques d'imprimerie de manière à simplifier l'utilisation de leur écriture idéographique. Dès le Xe siècle, des imprimeries sont fondées en Asie. Elles pratiquent d'abord la technique de la gravure sur bois, puis, à partir du XIVe siècle, celle des caractères mobiles en métal. Au XVe siècle, l'Occident, en la personne de l'Allemand Johannes Gutenberg, se met à cette dernière technique. Les idées neuves, politiques et religieuses, se diffusent ainsi, rendant le développement européen de l'imprimerie moderne la source de nombreux conflits.

VIIIe siècle : l'horloge mécanique

L'homme a d'abord mesuré le temps avec une clepsydre (horloge à eau) et un sablier. L'invention de l'échappement, par le moine bouddhiste Yixing vers 725, est déterminante dans l'émergence d'un temps calculé par la mécanique. Elle consiste à ralentir et à stabiliser le mouvement de la roue centrale d'un engrenage. Les premières horloges, fabriquées par les Chinois, sont des horloges astronomiques, indiquant les mouvements du Soleil et de la Lune par rapport à la Terre. Les Occidentaux perfectionnent le mécanisme de freinage en utilisant le balancier ou le pendule. L'échappement libre à ancre, inventé en 1670, permet une mesure de plus en plus précise du temps.

XIe siècle : la poudre

Le premier des explosifs connu est la poudre noire. Celle-ci est déjà employée avant notre ère mais sa formulation est clairement décrite dans un traité militaire chinois du XIe siècle. Elle est principalement composée de salpêtre, un élément manipulé par les alchimistes et les apothicaires. Elle est régulièrement utilisée pour les rites religieux et le combat. Entrée dans l'Europe du Moyen Âge par l'intermédiaire des savants arabes, elle est améliorée et voit la fréquence de son usage augmenter lorsque le canon et les armes à feu portatives apparaissent au début du XIVe siècle.

1269 : la boussole

Ce sont les Chinois qui, les premiers, utilisent la propriété directrice de l'aimant pour les voyages terrestres. Pour cela, ils se servent d'un fin morceau de pierre magnétique qu'ils appellent l'aiguille montre-sud. Répandu pour la navigation, le dispositif est monté sur un pivot permettant à l'aiguille de tourner librement. Cet aspect moderne nous est décrit pour la première fois en 1269. Sur le support sont inscrits les vents à partir de 1483, les points cardinaux à partir de 1536.

XIIIe siècle : les lunettes

C'est vers 1285 que les Italiens découvrent par hasard le pouvoir de correction des verres à surface convexe pour la vision de près. En menant d'autres recherches sur ce sujet inédit, ils mettent en évidence la correction de la myopie grâce à des verres à surface concave. À la même époque, le physicien Salvino Degli Armati est le premier Européen à concevoir une monture supportant les verres et tenant sur le nez. Les branches ne sont ajoutées à cette monture qu'au XVIIIe siècle.

Troisième partie

L'esprit savant des Temps modernes

1608 : la lunette astronomique

Déjà dans l'Antiquité grecque, les principales découvertes sur l'optique sont accomplies et les savants arabes les diffusent durant le Moyen Âge. Ce serait les enfants de l'opticien hollandais Hans Lippershey qui, en jouant avec les besicles fabriquées par leur père, auraient observé le grossissement d'objets. Lippershey fabrique la première lunette d'approche qu'il destine au prince d'Orange, Maurice de Nassau, en 1608. Pour la réaliser, il superpose une lentille convexe et une lentille concave plus faible. Le savant italien Galilée la perfectionne l'année suivante et ouvre ainsi la voie aux découvertes astronomiques modernes. Les multiples perfectionnements du siècle permettent à l'Anglais Isaac Newton de fabriquer le premier télescope réflecteur en 1668.

1609 : le journal

On pourrait dire que l'ancêtre du journal est la lettre isolée que l'on envoie et qui raconte à une communauté un événement digne d'être diffusé. La date et les circonstances de la naissance du premier véritable journal restent encore floues. On attribue parfois son apparition à l'Allemand Adolf von Söhne qui imprime des hebdomadaires sous le titre d'*Aviso Relation oder Zeitung* à partir de 1609. D'autres thèses présentent l'imprimeur anversois Abraham Verhoeven comme le fondateur de la première gazette intitulée *Nieuwe Tijdinghen* et lancée quatre ans plus tôt. Le principe de la publication imprimée régulière se diffuse rapidement partout en Europe. Le métier de journaliste se précise et se concentre d'abord en Hollande où les marchands ont une connaissance du monde assez développée pour relater les derniers faits importants auxquels ils ont pu assister. En France, c'est Théophraste Renaudot qui est reconnu pour être le premier à fonder un journal, intitulé *La Gazette*, en 1631. Elle compte alors quatre pages, format 21,5 × 15 cm, et tire à 1 200 exemplaires.

1610 : le microscope

Le microscope est imaginé par Galilée en 1609 et serait réalisé par le Hollandais Zacharias Janssen un an plus tard. Il consiste en l'association d'une lentille grossissante et d'une lentille oculaire aux deux extrémités d'un tube. Sa fabrication et les débuts de sa diffusion sont principalement menés par Antonie Van Leeuwenhoek. L'instrument est perfectionné par Robert Hooke qui lui apporte l'éclairage latéral en 1665. Pourtant, c'est seulement au XIXe siècle que le microscope sert véritablement les sciences, et plus particulièrement la recherche en biologie.

1623 : la machine à calculer

L'invention de la machine à calculer est injustement associée à l'année 1642 et à la personne de Blaise Pascal, l'illustre mathématicien et philosophe français. C'est pourtant en 1623 qu'un astronome allemand, Wilhelm Schickard, révolutionne l'usage de l'abaque et du boulier en construisant la toute première machine à engrenages capable d'additionner et de soustraire des nombres allant jusqu'à six chiffres. La machine réalisant les quatre opérations élémentaires et calculant les racines carrées, elle, est inventée en 1673 par un autre mathématicien et philosophe, l'Allemand Gottfried Wilhelm Leibniz.

1640 : le taxi

En 1640, le Français Nicolas Sauvage ouvre le tout premier commerce de taxis à Paris, rue Saint-Antoine. Lui-même cocher, il dirige une vingtaine de carrosses qui sillonnent la capitale. En 1703, les véhicules sont immatriculés par la police. Bien plus tard, en 1904, Louis Renault lance de petites voitures à moteur, spécialement dédiées au transport individuel public et équipées d'un enregistreur de distance pour permettre une facturation d'une course au kilomètre.

1643 : le baromètre

Le physicien italien Evangelista Torricelli, élève de Galilée, réalise en 1643 l'expérience du tube rempli de mercure dont le niveau varie d'un jour à l'autre. Associant ces variations aux situations météorologiques, Torricelli en déduit l'existence de la pression atmosphérique et ce que cette dernière peut annoncer. Devenu baromètre à aiguille après perfectionnement, l'instrument se transforme en baromètre anéroïde quand, au XIXe siècle, on remplace le mercure par une boîte métallique dans laquelle on a fait le vide.

1646 : le thermomètre

L'ancêtre du thermomètre est le thermoscope dont l'idée apparaît dès le IIIe siècle avant J.-C. et dont la fabrication est réalisée par Galilée vers 1592. Son principal défaut est d'être trop influencé par la pression atmosphérique. Une fois la découverte de cette pression faite en 1643 par Torricelli, le thermomètre étanche est mis au point. Le premier en date est celui du grand-duc italien Ferdinand II, vers 1646. Il peut contenir de l'esprit-de-vin ou une autre liqueur dont le niveau varie selon la température. L'échelle thermométrique est convenue au XVIIIe siècle : le Fahrenheit en 1724, le Celsius en 1742.

1688 : le champagne

Le champagne n'aurait peut-être jamais existé sans l'esprit anticonformiste d'un moine de l'abbaye bénédictine champenoise de Hautvillers, dom Pierre Pérignon. Grand dégustateur, celui-ci ose procéder au coupage, c'est-à-dire à l'assemblage de raisins de diverses origines, afin d'améliorer la qualité finale du vin. Il introduit également l'emploi de la bouteille au verre épais et solidement fermée dans le but de maîtriser la prise de mousse, encore inconnue à l'époque. Dom Pérignon est ainsi à l'origine du principe de fermentation en bouteille, autrement appelé « méthode champenoise ». Cette méthode s'est aujourd'hui généralisée à d'autres régions viticoles.

1690 : la machine à vapeur

Déjà au Ier siècle avant J.-C., la détente de la vapeur est démontrée par Héron d'Alexandrie. Mais c'est au XVe siècle que s'amorcent les premières recherches sur les applications de la vapeur en vue de remplacer la force humaine, jusqu'à aboutir aux inventions de Denis Papin. Ce dernier construit en 1679 une marmite équipée d'une soupape de sécurité, puis en 1690 une machine reposant sur l'utilisation d'un piston animé dans un cylindre vertical contenant de l'eau dans son extrémité inférieure et communiquant avec l'air par l'extrémité supérieure. Très rapidement, le mécanicien anglais Thomas Savery améliore cette machine afin de la rendre utile à l'industrie minière. Le perfectionnement le plus important reste celui de James Watt qui brevette, en 1782, une machine à double effet, sur laquelle le piston est poussé par la vapeur des deux côtés du cylindre, équipée par la suite d'un parallélogramme déformable, d'un régulateur à boules et d'un volant.

1714 : la machine à écrire

La première machine à écrire qui nous est connue est restée sous la forme d'un brevet daté de 1714. Elle a pour inventeur l'Anglais Henry Mill qui propose un appareil capable d'imprimer librement des lettres sans avoir recours aux méthodes trop contraignantes de l'imprimerie. La véritable machine à écrire prend son essor au XIXe siècle grâce aux inventions des touches en 1833 et du ruban encreur en 1837. Sa fabrication en série débute en 1873 avec le modèle des Américains Christopher Latham Sholes et Carlos Glidden, plus connu sous le nom de Remington Model I. Selon la légende, Mark Twain serait le premier écrivain à rendre à son éditeur un manuscrit dactylographié.

1718 : la mitrailleuse

La première mitrailleuse, brevetée en 1718, est celle de l'Anglais James Puckle. Équipée d'un seul canon derrière lequel tourne un barillet à neuf alvéoles mis en mouvement par une manivelle, elle peut tirer jusqu'à soixante-trois coups en sept minutes. Même si l'Américain Richard Gatling brevette une nouvelle arme mécanique de dix canons en 1862, les mitrailleuses restent lourdes et difficiles à manier. La mitrailleuse moderne apparaît en 1884 quand un Anglais d'origine américaine, Hiram Maxim, ajoute le principe de l'automatisme. La Première Guerre mondiale profite tristement de cette innovation qui se voit, entre-temps, considérablement allégée et dont le modèle emblématique est la Hotchkiss.

1731 : le sextant

On peut considérer l'astrolabe comme le digne prédécesseur du sextant. Utilisé depuis l'Antiquité, il mesure la hauteur des astres sur l'horizon pour déterminer la latitude. Mais le système ne peut être précis sans l'observation simultanée de l'astre et de l'horizon. En 1669, l'Anglais Isaac Newton propose un système de miroirs pour gagner en précision mais l'idée est oubliée, jusqu'à sa redécouverte et son application sur l'octant que son compatriote John Hadley invente en 1731.

1752 : le paratonnerre

Dès 1749, l'imprimeur et homme politique américain Benjamin Franklin suppose que la foudre est un phénomène électrique, sous la forme d'une énorme décharge. Pour confirmer sa théorie, il procède à une première expérience, celle de la sentinelle reliée à une tige de fer qui attire la foudre. L'expérience suivante, celle du cerf-volant, en 1852, met en évidence l'importance de la prise de terre. Le paratonnerre s'expérimente et s'installe partout dans le monde, offrant à son inventeur une immense notoriété.

1769 : l'automobile

Sans tenir compte du type de moteur installé dessus, l'idée de l'automobile est née grâce au Français Joseph Cugnot qui construit le prototype de son fardier en 1769. L'engin, aux dimensions impressionnantes, est comparable à une petite locomotive puisqu'il fonctionne à la vapeur et pèse huit tonnes en charge. Après avoir connu des essais mouvementés, il est progressivement oublié, faute d'un soutien financier. L'apparition du générateur de vapeur instantané, inventé en 1887 par le Français Léon Serpollet, permet une réduction de la taille du moteur. L'invention du moteur à combustion interne vient révolutionner l'industrie mondiale de l'automobile et éclipse définitivement la force de la vapeur dans ce domaine.

1775 : le sous-marin

Les principes physiques de la submersion sont énoncés par Archimède dès le IIIe siècle avant J.-C. Dans les années 1620 est présenté l'essai de l'ancêtre du sous-marin, sans grand éclat car l'engin ne résiste pas à la pression de l'eau. C'est l'ingénieur américain David Bushnell qui construit le véritable premier sous-marin de l'histoire, nommé la *Tortue*, en 1775. De forme ovoïde, l'appareil est équipé de ballasts remplis d'eau pour sa submersion et ses hélices sont actionnées à la main.

1783 : le bateau à vapeur

Denis Papin, bien connu pour sa machine à vapeur, l'est moins pour ses idées sur la propulsion des navires. Il est le premier à construire, en 1707, un bateau à vapeur dont les essais se trouvent avortés du fait de sa destruction par des bateliers allemands. La véritable première navigation d'un bateau à vapeur est celle du *Pyroscaphe*, construit par le marquis de Jouffroy d'Abbans en 1783. Elle a pour départ la ville de Lyon et remonte le cours de la Saône. Malgré une coque trop fragile qui cède à la pression de l'eau, Jouffroy d'Abbans a permis de dévoiler l'une des applications les plus pratiques de la machine à vapeur.

1783 : l'aérostat

Voler est un vieux rêve de l'homme qui ne peut se réaliser que si l'on considère le principe de densité relative des corps découvert par Archimède au IIIe siècle avant J.-C. En respectant la règle du scientifique grec, il faut que l'engin volant soit plus léger que l'air. C'est le Portugais Bartolomeu de Gusmao qui réalise, en 1709, la première ascension d'un modèle réduit de ballon à air chaud. Il faut néanmoins attendre l'année 1783 pour que les frères Joseph et Étienne de Montgolfier découvrent, eux aussi, les effets de l'air chaud et tentent l'expérience de l'envol d'un ballon. Le premier essai a lieu le 5 juin 1783 à Annonay et sa réussite connaît un grand retentissement. Après avoir fait voyager des cobayes animaux, la montgolfière emmène l'homme et lui ouvre ainsi la voie des airs.

1796 : le vaccin contre la variole

La première forme de lutte contre la variole s'appelle la variolisation. Elle consiste à donner volontairement, mais non sans risques, la variole aux enfants en inoculant la sérosité des vésicules formées sur la peau d'une personne atteinte de la maladie. En 1771, l'étudiant anglais Edward Jenner constate que des jeunes filles ayant contracté la vaccine (cow-pox), une maladie bovine, n'attrapent pas la variole. Jenner comprend que la forme animale de la variole humaine est moins virulente et que son inoculation peut donner l'immunité variolique. En 1796, une fois devenu médecin, il applique sa théorie en inoculant à un jeune garçon, James Phipps, la sérosité des pustules de vaccine. Le patient ne contracte pas la maladie et atteste ainsi la fiabilité du tout premier vaccin contre la variole.

1797 : le parachute

Bien avant Léonard de Vinci, ce serait aux Chinois que reviendrait la paternité du parachute au IIIe millénaire avant notre ère. C'est pourtant seulement en 1783 que le Français Sébastien Lenormand, accroché à deux parasols, est le premier à tenter l'expérience à Montpellier. Le premier saut en parachute moderne est celui du physicien français André Jacques Garnerin qui l'effectue le 22 octobre 1797 (1er brumaire an VI) à Paris, au-dessus du parc des Mousseaux (actuel parc Monceau), après avoir expérimenté son dispositif par le parachutage d'un chien. En 1912, le capitaine américain Albert Berry est le premier homme à sauter en parachute depuis un biplan.

Quatrième partie

L'industrialisation du XIXe siècle

1800 : la pile électrique

En 1786, le médecin italien Luigi Galvani constate que les grenouilles réagissent par simple contact de deux morceaux de métaux différents et met cette observation sur le compte de la présence d'électricité dans l'organisme animal. Le physicien italien Alessandro Volta n'est pas de cet avis car il considère que ce sont les deux métaux dissemblables qui agissent comme générateurs d'électricité quand ils sont mis en contact avec un conducteur humide. C'est ainsi qu'en 1800 il invente une pile constituée d'une superposition de rondelles de zinc et d'argent groupées par paires et séparées par un tissu imprégné d'eau salée. Le courant électrique jaillit en continu quand les deux pôles sont reliés. Cette invention ouvre la voie aux nombreuses recherches électrochimiques et à l'apparition de la pile sèche dite saline ou zinc-charbon en 1868 grâce aux perfectionnements réalisés par le Français Georges Leclanché.

1801 : le chemin de fer

Déjà en 1630 sont inventés le rail et sa roue. Quelques ingénieurs, tels que Joseph Cugnot ou James Watt, imaginent bien la mobilité de l'homme grâce à la force de la machine à vapeur. Mais il faut attendre l'année 1803 pour que l'Anglais Richard Trevithick construise la première locomotive. Pour atteindre une puissance non négligeable, Trevithick préfère la machine à vapeur à haute pression à la machine à pression atmosphérique. Malheureusement, l'inventeur ne rencontre aucune gloire personnelle. Il est doublé par George Stephenson qui, nommé au Stockton and Darlington Railway, lance la première ligne ferroviaire commerciale (Liverpool à Manchester, 1826-1830).

1801 : l'éclairage au gaz

Jusque dans les années 1830, les rues des grandes villes européennes et américaines étaient sombres ou modestement éclairées par des lampes à huile suspendues la nuit. C'est en déposant son brevet sur la production de gaz par distillation du bois en 1799 que le Français Philippe Lebon ouvre la voie à une multiplicité d'applications du gaz dans le quotidien des hommes. Aussi imagine-t-il une thermolampe qui peut à la fois chauffer et éclairer. En octobre 1801, il organise la première démonstration publique d'éclairage au gaz à Paris. Mais c'est le gaz produit par la distillation de la houille qui est adopté comme gaz de ville pendant tout le XIXe siècle. L'exploitation du gaz naturel est plus tardive, contemporaine de l'introduction du forage pétrolier permettant le captage des nappes de gaz souterraines.

1810 : la conserve

La conservation des aliments est un sujet de préoccupation constant dans l'histoire de l'homme. À cette fin, toutes sortes de procédés ont été adoptées. En 1810, le confiseur parisien Nicolas Appert dévoile sa technique révolutionnaire de conservation des aliments et gagne ainsi la récompense d'un concours lancé par le Directoire pour la découverte d'une méthode permettant de conserver les denrées des armées. Son procédé est le chauffage en vase clos dans des bouteilles de verre hermétiquement bouchées par plusieurs couches de liège. Le fer-blanc utilisé pour la fabrication du contenant est adopté par les Anglais Bryan Donkin et John Hall qui fondent la première usine de conserves en 1811. D'abord ouvertes au ciseau et au marteau, les conserves trouvent leur ouvre-boîte en 1858 grâce à l'inventeur américain Ezra Warner.

1815 : le stéthoscope

C'est en appliquant sur la poitrine d'un patient un tube en bois que le médecin français René Laennec utilise le premier stéthoscope. Cet objet lui permet d'obtenir des informations sur le cœur et les mouvements d'air dans les poumons. Le stéthoscope tel que nous le connaissons aujourd'hui, c'est-à-dire en caoutchouc avec deux tubes partant de l'oreille, apparaît vers la fin du XIXe siècle.

1820 : l'électroaimant

C'est en faisant passer un courant électrique dans un fil posé près d'une boussole que le physicien danois Hans Œrsted découvre que l'aiguille de cette boussole va en direction du fil. Ainsi, en 1820, il découvre l'électromagnétisme et amène de nombreux chercheurs à exploiter cette observation dans de multiples domaines. On peut distinguer, entre autres exemples, la construction du premier moteur électromagnétique par le physicien anglais William Sturgeon en 1832.

1824 : le ciment

Même si les Égyptiens sont considérés comme les premiers utilisateurs du ciment, les recherches sur l'hydraulicité des chaux sont véritablement menées à partir de la fin du XVIIIe siècle. L'Anglais Joseph Apsdin invente le premier ciment à prise rapide qu'il brevette en 1824 et qu'il commercialise sous le nom de ciment Portland. Il s'agit d'un mélange de chaux pure et de certaines argiles dont le résultat a la couleur de la pierre des carrières de la péninsule de Portland, dans la Manche.

1826 : la photographie

Parmi les nombreuses découvertes et inventions du monde arabe vers le Xe siècle, il convient de noter celle de la chambre noire, élément indispensable à l'introduction de la photographie. Malgré l'idée précoce de Léonard de Vinci de fixer l'image projetée dans cette chambre noire, il faut attendre l'année 1826 pour que le Français Nicéphore Niépce la concrétise grâce à une plaque d'étain polie, recouverte d'une solution de bitume de Judée et d'essence de lavande, qu'il expose huit heures durant. L'invention est rapidement perfectionnée par Jacques Daguerre dont les premiers daguerréotypes sont réalisés en 1837.

1829 : l'hélice

L'invention de la vis d'Archimède servant à élever de l'eau n'est curieusement pas contemporaine de l'invention de l'hélice. C'est au XVIIIe siècle que sont sérieusement menées des recherches sur la propulsion mécanique des bateaux. Le premier prototype d'hélice en expérimentation est monté sur un sous-marin. L'engin est équipé à la fois d'une hélice pour les déplacements horizontaux et d'une autre à arbre vertical pour descendre et s'élever. L'apparition de la machine sous-marine vient apporter son flot de nouvelles inventions sur la propulsion, jusqu'à l'arrivée de la roue à aubes brevetée en 1785. C'est à l'Autrichien Josef Ressel que revient véritablement la paternité de l'hélice moderne, en 1829. Cette dernière est d'abord construite en bois et révolutionne les transports maritimes.

1829 : le braille

Louis Braille, devenu aveugle à l'âge de trois ans, invente son alphabet en simplifiant le code Barbier. Alors élève à l'Institut des jeunes aveugles, il crée une combinaison de six points en relief que le lecteur lit du bout des doigts. Sa méthode est publiée en 1829 et reste encore aujourd'hui l'une des plus utilisées dans le monde. On peut noter, avant Braille, l'existence d'un premier système de lettres en relief en France, plus complexe, inventé par Valentin Haüy.

1830 : la machine à coudre

Déjà en 1770 apparaît l'idée d'une machine à coudre le cuir mais celle-ci n'est pas réalisée. On peut dire que son ancêtre est une machine à broder dont le brevet est déposé en 1804, mais qui reste à l'état de projet. Le principe est repris, concrétisé et commercialisé par un tailleur et inventeur français de Saint-Étienne, Barthélemy Thimonnier, qui s'est également inspiré d'une machine à coudre au point de chaînette imaginée par l'Allemand Balthasar Krems. L'atelier de Thimonnier à Paris confectionne de nombreux uniformes militaires mais, dans une période d'agitation sociale, il se trouve saccagé et les machines sont détruites. Pourtant, la machine à coudre fait son chemin outre-Atlantique où elle connaît ses plus grandes innovations, sa fabrication en série et son succès grâce à Elias Howe et Isaac Singer.

1831 : la moissonneuse

La première moissonneuse connue à ce jour date de l'époque gauloise. Il s'agit d'une charrette munie d'une herse de fer, permettant d'arracher les épis qui tombaient dans l'engin. Cependant, la moisson à la faux et à la faucille reste la pratique la plus courante et la plus répandue durant des siècles. Au XIXe siècle, la révolution agricole est en marche. L'Anglais Joseph Boyce dépose le brevet d'une moissonneuse mécanique en 1824. Les résultats restent mitigés, jusqu'à l'apparition d'une moissonneuse moderne et efficace que le fermier américain Cyrus McCormick fabrique de ses propres mains en 1831. Il commercialise son invention qui remporte un énorme succès mais voit poindre la concurrence qui ne l'épargne pas.

1831 : l'autobus

Déjà en 1662, un service de transports en commun, composé de sept carrosses suivant un itinéraire fixe, est organisé à Paris. En 1828 apparaît l'ancêtre de l'autobus, appelé omnibus, à Nantes, puis à Paris. Il vient de l'idée d'un propriétaire d'établissement de bains, l'ancien colonel Stanislas Baudry, d'assurer le transport de sa clientèle entre le centre de Nantes et son commerce situé en banlieue. La première ligne d'omnibus s'ouvre en Grande-Bretagne en 1829. Deux ans plus tard, l'Anglais Walter Hancock équipe son omnibus d'un moteur à vapeur : c'est le premier autobus. Avec l'invention du moteur à explosion, l'autobus à essence fait son entrée dans les rues allemandes en 1895 et françaises en 1905.

1832 : le tramway urbain

Le premier tramway est conçu par l'Anglais John Outram en 1775. Tiré par des chevaux et guidé par des rails en fonte, il n'entre pas encore dans la ville. C'est en 1832 qu'apparaît le tramway urbain, à New York. Il est l'œuvre de John Stephenson et dessert un parcours entre le haut de Manhattan et Harlem. Le Français Émile Loubat joue un rôle essentiel dans son perfectionnement puisqu'il introduit l'idée de placer les rails dans la chaussée même. C'est ainsi qu'il est à l'origine de la construction de la ligne de la 6e Avenue de New York et de la toute première ligne parisienne qui va de la place de la Concorde à Saint-Cloud. L'électricité remplace la force animale quand, en 1888, l'Américain Frank Sprague fait actionner son tramway de Richmond, en Virginie, avec cette récente source d'énergie. Abandonné dans de nombreuses villes après 1945, ce mode de transport revient aujourd'hui à la mode et trouve une place de choix dans les plans urbanistiques de nos centres-villes.

1837 : le télégraphe

À la recherche d'une communication rapide, l'homme a d'abord utilisé les signaux de feu, comme nous le rappelle la légende grecque sur l'annonce de la chute de Troie. Plus proche de notre époque, l'ingénieur Claude Chappe est autorisé, en 1794, à installer un télégraphe aérien et optique appelé sémaphore, et dont la position des bras articulés correspond aux lettres de l'alphabet. Pourtant, l'ancêtre du télégraphe moderne, dont l'inventeur écossais n'est connu que par ses initiales, C.M., apparaît dès 1753. Il utilise déjà des charges d'électricité, transmises par un nombre de fils égal au nombre de lettres de l'alphabet. Ce principe est repris en 1774 par le Français Georges Lesage. En 1804, l'Espagnol Francisco Salva se sert de l'électrolyse de l'eau pour fabriquer un télégraphe à plusieurs fils. Il faut attendre l'année 1832 pour voir apparaître le premier télégraphe à un seul fil, breveté par l'Américain Samuel Morse. L'appareil utilise un code composé de longues et de brèves dont les combinaisons correspondent à des lettres. Les messages sont envoyés à la cadence de dix mots à la minute. La première ligne télégraphique est construite en 1843, entre Baltimore et Washington. Enfin, en 1858, l'Anglais Charles Wheatstone invente le télégraphe automatique qui permet d'envoyer jusqu'à 190 mots à la minute.

1839 : le caoutchouc vulcanisé

Le premier usage du caoutchouc, issu de la sève de l'hévéa, est découvert chez les Amérindiens qui utilisent cette matière pour fabriquer des balles à jouer ou des vêtements pour se protéger de la pluie. Dès le XVIIIe siècle, les Européens réfléchissent aux multiples applications que peut avoir le caoutchouc dans leur quotidien. D'abord utilisé comme gomme à crayon, le caoutchouc devient un élément indispensable à la fabrication de certains imperméables. Néanmoins, il a le défaut de casser sous l'effet du froid et de se ramollir sous l'effet de la chaleur. C'est l'Américain Charles Goodyear qui, en ajoutant au caoutchouc des substances au hasard en vue de le rendre plus résistant à la chaleur, invente une formulation tout à fait valable. L'Anglais Thomas Hancock découvre le même procédé quelque temps plus tard et le brevette à son nom, volant les bénéfices à Goodyear.

1839 : la bicyclette

L'ancêtre de la bicyclette naît de l'imagination du baron allemand Karl Friedrich Drais, baron von Sauerbronn. Celui-ci met au point en 1817 ce qu'il appelle une « machine à courir » (*Laufmaschine*), c'est-à-dire un châssis en bois monté sur deux roues dont celle à l'avant est orientable. Le succès de la draisienne est immédiat et déjà les perfectionnements apparaissent. Mais c'est le forgeron écossais Kirkpatrick MacMillan qui construit, en 1839, la bicyclette moderne en la dotant de pédales et de freins. Malheureusement, l'inventeur ne tire aucune gloire de sa nouveauté : son prototype n'est jamais commercialisé et se trouve même imité. En revanche, le Français Pierre Michaux lance avec succès, en 1868, un vélocipède dont la manivelle du pédalier est directement installée sur le moyeu de la roue avant. L'industrie du cycle est amorcée et trouve son essor à la fin du XIXe siècle.

1840 : le timbre-poste

Institué par une décision du Parlement anglais de 1839, le timbre-poste est commercialisé pour la première fois un an plus tard, le 6 mai 1840. À l'effigie de la reine Victoria et d'une valeur d'un penny, le « penny black » permet d'affranchir un courrier, abolissant l'ancien système de paiement du coût du transport par le destinataire. La Suisse adopte le timbre-poste en 1843. En France, c'est le Parlement qui autorise ce système en 1848. Le premier timbre français, représentant Cérès, est mis en vente le 1er janvier 1849. Le timbre dentelé est une invention de l'Irlandais Henry Archer ; il est adopté en France en 1862.

1842 : l'engrais chimique

Avant tout produit chimique, l'engrais est naturel : fumier animal, sang en poudre, chaux, cendre, os ou fiente d'oiseau. C'est en cherchant quels sont les minéraux retirés par les plantes que le chimiste allemand Justus von Liebig évoque, en 1840, l'idée de fabriquer du phosphate de chaux concentré en traitant de la poudre d'os avec de l'acide sulfurique. L'idée est remaniée par d'autres savants, jusqu'à aboutir à l'ouverture de la première usine de phosphates à Londres en 1842.

1842 : l'anesthésie

Les propriétés anesthésiques de l'éther sont mises en évidence quand, au début des années 1840, le médecin américain Crawford Long constate que ses proches, avec lesquels il a l'habitude d'inhaler ce gaz pour éprouver des effets hilarants, ne ressentent aucune douleur lors d'un choc ou d'une chute. Il expérimente à titre professionnel ces vertus sur l'un de ses patients au printemps 1842, avec succès. Fort de ce premier essai, il renouvelle l'expérience avec un autre patient amputé de l'orteil. L'inhalation des vapeurs d'éther se répand donc, en Europe comme en Amérique, sans que Long en tire le moindre profit.

1843 : la cigarette

Dès le XVIe siècle, la France connaît l'existence du tabac par l'intermédiaire de Jean Nicot, ambassadeur à Lisbonne, qui la dévoile à la reine Catherine de Médicis. Les premiers cigares sont fabriqués à Hambourg en 1788. Désireuse de développer ce commerce, la Manufacture française des tabacs lance les premières cigarettes de tabac haché, roulées à la main, en 1843. Elle est précédée par la présentation du cigarettotype, un appareil permettant de fabriquer soi-même ses cigarettes, lors d'une exposition en 1839. Très rapidement, une forme industrielle de production se diffuse à travers le monde.

1848 : le béton armé

Le béton nu a le défaut de n'avoir aucune résistance en traction et de se fissurer lorsqu'il travaille en extension. L'armer en y noyant des barres d'acier permet de lui conférer une meilleure absorption des efforts de traction. L'enrobage des armatures métalliques par le ciment Portland empêche même l'eau de pénétrer jusqu'aux barres de fer qui risqueraient de rouiller. Joseph Louis Lambot est le premier à introduire cette nouvelle technique en 1848, sous l'ancienne appellation de ciment armé, alors que Joseph Monnier, après l'avoir également expérimentée l'année suivante en l'ayant appliquée aux poutres, aux planchers, aux canalisations et aux ponts, en dépose le brevet. L'essor industriel du béton armé est l'affaire de l'architecte et entrepreneur français François Hennebique à partir de 1892. Enfin, on doit à l'ingénieur français Eugène Freyssinet le compactage du béton par vibration en 1917 et le béton précontraint en 1928.

1852 : le dirigeable

Le 24 septembre 1852, l'ingénieur français Henri Giffard fait la démonstration de son dirigeable gonflé à l'hydrogène, entre Versailles et Élancourt. D'une longueur de 44 mètres, la machine volante est propulsée grâce à un moteur à vapeur de plus de 150 kilos. Il faut néanmoins attendre certains perfectionnements pour que le dirigeable connaisse un succès public. Le comte Ferdinand von Zeppelin, ancien officier de l'armée allemande, dévoile en 1900 le dirigeable rigide auquel il laissera son nom, même si le Français Joseph Spiess avait déposé un brevet sur le principe de construction des dirigeables dès 1873. Fait d'une structure d'aluminium, le zeppelin est recouvert d'un coton imperméabilisé gonflé à l'hydrogène et se trouve propulsé par deux moteurs. Durant la guerre de 1914-1918, il effectue les premiers bombardements aériens de l'histoire. Le voyage en dirigeable devient une mode dans les années 1930 mais les nombreux accidents, toujours impressionnants du fait du total embrasement de l'engin, provoquent la fin du tourisme en aérostat.

1852 : l'allumette de sûreté

L'allumette n'aurait jamais vu le jour sans la découverte du phosphore, composant indispensable à sa fabrication et mis en évidence par le chimiste allemand Hennig Brand en 1669. Le phosphore a une qualité inflammatoire dès 60 °C, ce que permet un simple frottement. Néanmoins, la dangerosité du produit est importante car les résidus de la distillation du phosphore peuvent s'enflammer spontanément à l'air. En 1831 sont fabriquées les premières allumettes chimiques phosphoriques par le Français Charles Sauria, suivi de l'Allemand Jakob Friedrich Kammerer qui ouvre sa manufacture un an plus tard. En 1852, tout risque est réellement écarté : les Suédois Carl Frans et Johan Edward Lundström inventent une allumette sur laquelle le phosphore est séparé de la pâte inflammable. L'objet est rapidement dénommé allumette de sûreté ou allumette suédoise en raison de la nationalité de ses inventeurs.

1856 : le colorant synthétique

Depuis toujours, l'homme a trouvé les pigments dans la nature, lui permettant de colorer les textiles. On peut distinguer, entre autres exemples, l'indigo, un colorant bleu déjà utilisé dans l'Égypte ancienne. L'étude chimique des colorants ne commence qu'au début du XIXe siècle. C'est en cherchant à obtenir de la quinine synthétique à partir de l'aniline que William Perkin, un jeune étudiant anglais en chimie, invente la mauvéine, l'un des premiers colorants synthétiques dérivés du goudron. Fort de cette découverte fortuite faite en 1856 et brevetée la même année, Perkin fonde la première industrie de matières colorantes et permet à d'autres chercheurs de faire apparaître les nombreux colorants quotidiennement utilisés aujourd'hui.

1859 : le moteur à explosion

Les recherches sur le moteur à combustion interne, dit moteur à explosion, débutent au XVIIIe siècle, quand l'ingénieur et chimiste Philippe Lebon imagine un moteur à gaz, alimenté par des pompes et enflammé par une étincelle. Après de multiples et diverses expérimentations dans toute l'Europe, l'ingénieur belge Étienne Lenoir est le premier à construire, en 1859, un moteur abouti qu'il brevette l'année suivante. En 1863, il y applique le cycle à quatre temps. Gottlieb Daimler, conscient de l'importance de cette innovation pour le quotidien de l'homme, perfectionne l'ensemble en 1885 avec son carburateur à léchage en vue de son utilisation pour l'automobile. Enfin, en 1893, l'Allemand Rudolf Diesel imagine un moteur permettant de comprimer le mélange combustible-air à une pression si importante que ce dernier s'enflamme spontanément.

1859 : l'ascenseur

Les mines sont les lieux où les premiers ascenseurs sont apparus et où ils ont été actionnés de façon très rudimentaire jusqu'au XIXe siècle grâce à la force des hommes ou des animaux. En 1852 est envisagée une approche moderne du dispositif avec l'invention du frein de sécurité par l'Américain Elisha Graves Otis en vue de réduire les accidents graves dus à la rupture des câbles de monte-charge. Après avoir été présenté lors de l'Exposition du Crystal Palace de New York en 1854, l'ascenseur d'Otis est installé trois ans plus tard au Haughwout Department Store, un grand magasin de la ville. L'ère industrielle permet à l'invention de connaître un véritable essor, d'abord avec l'énergie de la machine à vapeur, puis surtout avec la pression hydraulique dont l'application au service de l'ascenseur est présentée par le Français Léon Édoux à l'Exposition universelle de Paris de 1867. L'usage de l'électricité, développée par l'ingénieur allemand Werner von Siemens en 1880, permet d'équiper les nombreux gratte-ciel des architectes en quête de hauteur et met un point final aux perfectionnements majeurs de l'invention.

1862 : le plastique

Le plastique est un matériau organique de synthèse qui est fondé sur l'emploi de macromolécules, ou polymères, et qui peut être façonné par moulage. C'est la cellulose végétale, la plus courante des macromolécules naturelles, qui donne naissance aux premiers plastiques au milieu du XIXe siècle. Le chimiste britannique Alexander Parkes, sachant transformer la cellulose végétale en nitrocellulose, réussit à obtenir la première matière plastique semi-synthétique, la Parkesine. Il s'agit d'un mélange de nitrocellulose, d'alcool, de camphre et d'huile de castor. Cette nouvelle substance est présentée à l'Exposition universelle de Londres de 1862, sans grand succès. L'Américain John Hyatt simplifie la formule de Parkes et brevette le Celluloïd en 1869.

1863 : la pasteurisation

C'est en étudiant les maladies des vins qui perturbent le commerce français que Louis Pasteur invente la pasteurisation en 1863. Il observe que l'altération du vin, due à des micro-organismes interférant dans le processus de vinification, est considérablement réduite quand le liquide est chauffé à 55 °C environ et qu'il n'est pas mis au contact de l'air. Les bactéries, notamment les bacilles responsables de la tuberculose et de la brucellose, deux maladies transmises par le lait des vaches malades, sont en effet détruites. La pasteurisation industrielle est immédiatement introduite afin de stériliser de grandes quantités de liquides (vin, bière, cidre, lait).

1863 : la réfrigération

Les origines de la réfrigération sont très anciennes et ont simplement pour base la glace naturelle. En 1755, le médecin écossais William Cullen met au point la production de glace, à faible quantité, par l'évaporation d'eau sous une cloche à vide. C'est l'ingénieur français Ferdinand Carré qui jette les bases du froid artificiel au milieu du XIXe siècle en inventant une foison de dispositifs frigorifiques à visée pratique. Il crée d'abord une machine frigorifique à compression, puis une autre à absorption et à fonctionnement continu. Mais c'est son utilisation de l'ammoniac, un gaz liquéfié, comme fluide frigorifique qui le rend célèbre en 1863. Cette pratique, reprise et brevetée par l'Américain d'origine écossaise David Boyle en 1872, permet la construction des premiers appareils, dont celui qui équipe le navire baptisé *Le Frigorifique*, destiné au transport de viande en provenance d'Amérique du Sud.

1863 : le métropolitain

Le premier chemin de fer à vapeur souterrain réservé aux espaces urbanisés est construit à Londres et mis en service en 1863 sous le nom d'Underground. La ligne relie Bishop's Read à Paddington. Le même type de transport en commun entre en service à New York en 1878. À Paris, le métropolitain, entièrement à traction électrique, ouvre ses portes au public en 1900 à l'occasion de l'Exposition universelle. Il comporte six lignes, dont la première relie la porte de Vincennes à la porte Maillot.

1866 : la dynamite

Le XIXe siècle constitue une véritable révolution dans le domaine des explosifs. En 1847 sont simultanément découvertes la nitrocellulose et la nitroglycérine. En 1864, le chimiste suédois Alfred Nobel, dont le père vend de la poudre à canon, découvre que la détonation du fulminate se transmet à la nitroglycérine, mais cette dernière, sous forme liquide, détone au moindre choc. En cherchant une solution à ce problème, il décide d'ajouter, deux ans plus tard, du kieselguhr et obtient la dynamite qui n'explose pas sous les chocs. En 1875, le même Alfred Nobel invente la dynamite-gomme, ou gélatine explosive, en ajoutant du collodion à la nitroglycérine. Son invention, commercialisée en bâtons à travers le monde, lui rapporte une fortune considérable, aujourd'hui dédiée aux fameux prix Nobel.

1867 : l'antisepsie

C'est le médecin hongrois Ignać Fülöp Semmelweis qui soupçonne le premier, en 1847, l'existence du phénomène de contagion et qui oblige le personnel de l'Hôtel-Dieu de Vienne à se laver les mains entre l'autopsie d'un cadavre et un accouchement. Cette théorie se vérifie quand les recherches de Louis Pasteur viennent mettre en évidence le rôle des germes, ou micro-organismes, dans les maladies. Aussi, aux trop nombreuses infections des plaies entraînant souvent la mort, le chirurgien britannique Joseph Lister répond-il par l'utilisation du phénol pour détruire les germes présents sur la peau et transportés par des instruments mal nettoyés. L'expérience sur un jeune garçon souffrant d'une fracture ouverte du tibia est concluante et Lister décide de publier ses observations sur la première forme d'antisepsie en 1867.

1868 : la motocyclette

En 1868, Pierre Michaux et ses deux fils Ernest et Henri sont les premiers à monter une machine à vapeur à un seul cylindre sur un cycle. Peu pratique, leur invention est transformée par Albert de Dion et Georges Bouton qui profitent de l'invention du moteur à essence. Les deux Français utilisent un moteur monocylindre léger pour parfaire le modèle des Michaux et révolutionner un transport qui est devenu très populaire au fil des décennies.

1869 : le chewing-gum

Depuis la Préhistoire, l'homme mâche, principalement de la sève de conifères ou des herbes. Observateur de ce phénomène, l'Américain John Curtis commercialise la résine du spruce, une variété de l'épicéa, en 1848. Douze ans plus tard, son compatriote Thomas Adams remplace la résine du spruce par le chicle, une meilleure base pour y appliquer des parfums comme la menthe ou l'anis. Le brevet du véritable chewing-gum, constitué principalement de caoutchouc, est déposé par l'Américain William Semple en 1869. Cette pâte à mâcher connaît alors une fabrication industrielle dont les produits se répandent à travers le monde. En France, il rencontre un vrai succès lors de l'arrivée des GI en 1944.

1874 : le blue-jeans

Au milieu du XIXe siècle, le Bavarois Levi Strauss, installé à San Francisco, fabrique des pantalons à partir de toile de tente pour les conquérants de l'Ouest. Victime d'un succès immédiat et considérable, il remplace la toile de tente par le coton sergé de Nîmes, surnommé dès lors denim, et ajoute des rivets de cuivre, sur une idée de l'émigré russe Jacob Davis. L'apparence moderne du blue-jeans naît ainsi en 1874. Devenu Levi's, le pantalon, dont le modèle 501 est le plus apprécié, rencontre une concurrence acharnée, et plus particulièrement dans les années 1950, quand des stars de cinéma américaines en font un vêtement incontournable de la mode.

1876 : le téléphone

Alexander Graham Bell, jeune Écossais émigré aux États-Unis, s'intéresse à l'acoustique et enseigne la parole aux muets à Boston. C'est en considérant les limites du télégraphe électrique qu'il envisage un dispositif capable de reconstituer un mode de communication normal faisant appel à la parole et à l'ouïe. Familier des techniques électromagnétiques, il s'intéresse également aux appareils qui utilisent l'onde sonore. C'est ainsi qu'il tente de reproduire la structure interne de l'oreille, avec succès, en transformant une onde acoustique en courant électrique par l'intermédiaire d'une lame métallique vibrante. Il dépose le brevet de son système téléphonique en mars 1876, trois heures avant que son compatriote Elisha Gray brevette un appareil équivalent. Pendant plus de dix ans, les deux hommes s'affrontent devant les tribunaux qui donnent finalement raison à Bell. Le téléphone connaît un essor immédiat et se voit rapidement équipé d'un microphone, inventé par l'Américain d'origine britannique David Hughes en 1881.

1877 : le phonographe

L'enregistrement du son connaît ses premiers pas grâce à un ouvrier typographe français, Édouard Scott de Martinville, qui conçoit en 1857 le phonautographe. Son dispositif présente une pointe fixée au centre de la membrane et reposant sur un cylindre rotatif de papier enduit de noir de fumée. Le 30 avril 1877, le poète et savant français Charles Cros dépose la description de la réversibilité de l'invention à l'Académie des sciences de Paris, mais il ne la développe pas. C'est l'Américain Thomas Edison qui concrétise l'idée de Cros en restituant des sons gravés sur une bande de papier paraffiné monté sur un cylindre. Son brevet est déposé le 19 décembre 1877, au grand désespoir de Charles Cros qui doit se résigner à voir l'inventeur américain tirer les bénéfices du phonographe. Les perfectionnements de l'invention, notamment le remplacement du papier paraffiné par une mince feuille de fer-blanc, permettent à Edison de se lancer dans la commercialisation en fondant l'Edison Speaking Phonograph Company en 1878. Le savant américain Chichester Bell vient apporter la dernière touche au phonographe en remplaçant le cylindre de fer-blanc par un cylindre de cire en 1886.

1878 : la lampe à incandescence

Le premier brevet développant l'idée d'une lampe à incandescence est déposé par l'Américain John Wellington Starr en 1845. L'Anglais Joseph Swan le reprend en 1860 en proposant d'utiliser des filaments de carbone enfermés dans une ampoule de verre dans laquelle on a fait le vide. Les expérimentations de Swan sont peu concluantes car le vide créé dans l'ampoule est insuffisant. Le filament se consume trop vite pour obtenir une source continue de lumière. Grâce à l'invention de la pompe à vide à mercure du chimiste britannique d'origine allemande Hermann Sprengel, Swan peut présenter la toute première lampe à incandescence en décembre 1878. Quelques mois plus tard, de l'autre côté de l'Atlantique, Thomas Edison élabore et présente une ampoule pouvant rester allumée pendant treize heures et demie. Il perfectionne son invention en remplaçant le fil à coudre qu'il avait utilisé par des filaments de papier carbonisé. La commercialisation des ampoules débute dès 1880 pour Edison, un an plus tard pour Swan. En 1883, les deux inventeurs s'associent pour fonder la Edison et Swan Electric Light Company.

1881 : la centrale électrique

C'est dans une tannerie de la ville de Godalming, en Angleterre, qu'est installée la première centrale hydroélectrique du monde en 1881. De taille modeste, elle est animée par la roue du moulin à eau. Elle permet seulement l'éclairage des rues de la commune voisine et le raccordement de quelques résidents intéressés par la nouvelle source d'énergie. L'année suivante, deux machines de l'Edison Company sont installées, l'une à Londres, l'autre à New York, utilisant exclusivement la force régulière de puissantes machines à vapeur. Le succès est au rendez-vous et permet d'envisager la distribution de l'électricité à l'échelle nationale.

1883 : le stylo

Depuis le scribe sumérien incisant sur sa tablette d'argile les premiers signes pictographiques à l'aide de son roseau taillé, le matériel d'écriture s'est vite modifié. L'introduction de la plume d'oiseau, souvent d'oie, permet l'usage de l'encre et une graphie plus liée. Son principal défaut est son usure rapide. Aussi, au XVIIe siècle, est-elle progressivement remplacée par la plume métallique qui s'équipe d'un réservoir. En 1883, l'Américain Lewis Waterman, insupporté par les fuites de son porte-plume, crée le conduit, une pièce favorisant l'alimentation équilibrée de la plume par capillarité. Il dépose son brevet le 12 février sous le nom de Regular qui connaît un succès immédiat et qui rencontre une concurrence tardive avec la fabrication industrielle du stylo à bille par Marcel Bich en 1953.

1885 : le vaccin contre la rage

C'est dans les années 1880, en travaillant sur le choléra des poules qui ravage les élevages, que Louis Pasteur découvre le vaccin. Son principe repose sur l'introduction dans le corps des bactéries affaiblies ou mortes de la maladie, après leur mise en culture, pour que les globules blancs apprennent à les reconnaître. Ainsi, si des bactéries actives de la maladie pénètrent plus tard, les lymphocytes pourront plus facilement les combattre. Après avoir dévoilé le vaccin contre le choléra des poules en 1880 et contre la maladie du charbon en 1881, Pasteur procède à la première injection de son vaccin contre la rage, en juillet 1885, sur un jeune garçon de neuf ans nommé Joseph Meister. La renommée internationale du scientifique grâce à cette vaccination permet le lancement d'une souscription en faveur de la création de l'Institut Pasteur.

1887 : le disque

À la gravure verticale du phonographe d'Edison, l'Allemand Emil Berliner répond en 1887 par un disque qui emploie la gravure latérale, donnant une transduction plus fidèle de l'onde sonore. De plus, l'amélioration de l'invention de Berliner permet une production en série d'après une matrice métallique, une technique de duplication impossible avec les cylindres. Le premier tourne-disque, nommé gramophone, est lancé en 1889 par Berliner. La société française Pathé lance la vente de ses disques tournant à la vitesse de 80 tours par minute en 1906. L'enregistrement électrique apparaît en 1925 alors que le système stéréophonique est mis au point en 1933. Les matières plastiques permettent de rendre les sillons plus serrés et la durée d'écoute plus longue : c'est l'avènement du microsillon, dès 1948, dont la vitesse est réduite à 45 tours et 33 tours un tiers par minute.

1888 : le moteur à induction

Alors que l'électrotechnique est en plein essor, le débat devient permanent sur le choix entre le courant continu et le courant alternatif. La deuxième proposition est progressivement retenue car le courant alternatif fournit une force électromotrice bien supérieure à celle du courant continu. Une première application concrète et satisfaisante est menée à Pittsburgh en 1886. L'invention d'un moteur asynchrone à champ magnétique tournant, dédié au courant alternatif, est l'œuvre de l'ingénieur serbe émigré aux États-Unis Nikola Tesla en 1888. Bientôt, le courant diphasé est abandonné au profit du triphasé.

1888 : le pneu en caoutchouc

C'est le Français Charles Dietz qui, en 1830, est le premier à habiller les roues de certains véhicules avec une bande de caoutchouc, disposée entre la roue et la jante métallique. D'autres bandages de même matière apparaissent au fil des décennies, jusqu'à en arriver à des bandages tubulaires enveloppant une corde à piano. En 1888, l'Anglais John Dunlop invente le pneu en caoutchouc, gonflé à l'air, à l'usage des bicyclettes. En 1895, Édouard Michelin applique cette innovation aux roues d'une automobile de course appelée *L'Éclair*. Enfin, en 1908, la Firestone Tire and Rubber Company, dirigée par l'Américain Harvey Firestone, augmente l'épaisseur de la bande de roulement et y dessine des reliefs antidérapants en vue d'obtenir une meilleure adhérence.

1891 : le gratte-ciel

L'idée de bâtir en hauteur ne date pas d'hier. Mais une exigence reste incontournable jusqu'au XIXe siècle : la prise en considération des charges qui doivent être supportées. Elle oblige les architectes à faire porter ces charges par les murs qui s'en trouvent considérablement épaissis. L'architecte américain William Jenney innove radicalement en proposant d'utiliser une ossature essentiellement métallique constituée de colonnes de fonte encastrées dans la brique des murs et supportant des poutres de bois. Ainsi, les charges peuvent se répartir entre les différentes parties du bâtiment et l'immeuble profite de très nombreuses ouvertures vitrées. L'usage de la fonte est néanmoins rapidement remplacé par celui de l'acier, plus résistant pour envisager l'érection d'une dizaine d'étages. Jenney construit sur ce modèle le Second Leiter Building à Chicago en 1891 et ouvre la voie à l'édification massive des gratte-ciel dans les centres d'affaires des grandes villes américaines.

1891 : la fermeture à glissière

C'est en 1891 que Whitcomb Judson, alors ingénieur à Chicago, réalise une fermeture de chaussure équipée de deux rangées de crochets manœuvrées au moyen d'une glissière. Neuf ans plus tard, il perfectionne son dispositif en le montant sur deux bandes de tissu et suscite ainsi l'intérêt du secteur de l'habillement. L'ingénieur suédois Gideon Sundback, collaborateur de Judson, remplace en 1906 les crochets par des dents métalliques. Cette transformation permet de rendre l'invention plus fiable et de lui faire rencontrer le succès. Dès la Première Guerre mondiale, la fermeture à glissière moderne équipe les combinaisons d'aviateurs de l'U.S. Navy. Son usage est étendu à la haute couture, à la confection et à la maroquinerie, avant que la marque française Éclair ne la reprenne à son compte en 1949.

1894 : la radiophonie

En 1894, l'italien Guglielmo Marconi, âgé de vingt ans, amorce des expériences dans le grenier de ses parents après avoir entendu parler des ondes hertziennes. Il profite de plusieurs inventions et découvertes pour réaliser la première installation de radio : il utilise l'éclateur de Hertz comme émetteur, l'antenne de Popov, et le cohéreur de Branly comme récepteur. À force de ténacité, il augmente progressivement la portée des signaux qu'il émet jusqu'à atteindre une portée de plus de trois kilomètres en 1895. Parti en Angleterre pour concrétiser son invention, il la perfectionne en utilisant un émetteur et un récepteur accordés sur une longueur d'onde particulière en faisant varier les caractéristiques électriques des antennes et des circuits. En décembre 1901 est reçu le premier signal radio transatlantique sur l'île de Terre-Neuve. S'engage alors une exploitation commerciale de l'invention : la radio devient un outil incontournable de l'armée et un instrument de loisirs dans les foyers.

1895 : la radiologie

En étudiant les effets des rayons cathodiques, le physicien allemand Wilhelm Röntgen découvre, en 1895, un rayonnement capable de traverser des corps et d'en restituer une image sur laquelle ne ressort que le squelette humain. Pour cela, il ne lui a suffi que d'une bobine d'induction, un tube à vide et une plaque photographique. Faute de connaissances scientifiques suffisantes sur ce type de rayonnements, Röntgen les nomme rayons X. Dès la publication de l'invention en décembre 1895, l'engouement est tel que des démonstrations publiques ont lieu dans les grandes villes. La médecine s'empare immédiatement de la radiologie pour le dépistage de la tuberculose pulmonaire et le diagnostic des fractures et des affections osseuses.

1895 : le cinématographe

Le cinématographe repose sur l'illusion du mouvement du fait de la persistance rétinienne, avérée dès l'Antiquité par Ptolémée et Pline. C'est ainsi qu'en 1832, en étudiant les lois de la vision, le Belge Joseph Plateau invente le phénakistiscope sur lequel une série de dessins recréent le mouvement. Son principe est perfectionné par d'autres chercheurs, en remplaçant les dessins, d'abord par des photographies, puis par des images projetées. Le premier appareil de chronophotographie apparaît en 1874, quand l'astronome Jules Janssen construit un revolver photographique impressionnant une partie de sa plaque photographique à intervalles réguliers. Le tournant décisif de ces améliorations est accompli en 1888 par Étienne Jules Marey qui reprend l'idée de Janssen mais qui utilise le premier une pellicule sensible. Thomas Edison ne fait que parfaire le dispositif en appliquant des perforations sur la pellicule et des griffes sur les appareils. Étape ultime : les frères Louis et Auguste Lumière passent de quarante-six à seize images par seconde, améliorent le mécanisme d'entraînement par griffes et brevettent le cinématographe en 1895.

1899 : l'aspirine

En 1899, le chimiste allemand Felix Hoffmann met au point l'aspirine, un acide salicylique découvert en 1853 par le chimiste français Charles Gerhardt. Son indication est le traitement des douleurs, de la fièvre et des inflammations. Deux ans plus tard, la société Bayer, qui emploie Hoffmann, élabore une méthode de synthèse qu'elle commercialise pour le grand public. Le succès de l'aspirine ne se dément pas pendant plus d'un siècle et constitue un exemple de long évité étonnant.

1898 : le magnétophone

C'est au cours de l'été 1898 que le jeune Danois Valdemar Poulsen a l'idée d'utiliser le magnétisme pour l'enregistrement des sons. Enfermé dans la chambre de sa maison de vacances près de Copenhague, il transforme l'onde sonore en impulsions magnétiques très rapprochées, puis tente de transcoder ces points de magnétisme en impulsions électriques transformées en ondes acoustiques. Son invention prend la forme d'un simple fil d'acier tendu à travers son laboratoire lorsqu'il la dévoile pour la première fois en décembre 1898. Perfectionnée, elle prend le nom de télégraphone et son brevet est déposé aux États-Unis le 8 juillet 1899. Couronné d'une médaille d'or à l'Exposition universelle de Paris de 1900, Poulsen oriente le dispositif moins vers un usage artistique que vers un usage de dictaphone, la qualité de reproduction sonore étant encore très limitée. C'est l'invention de la bande magnétique par l'Allemand Fritz Pfleumer en 1927 qui permet au télégraphone de voir ses applications considérablement élargies, notamment avec l'apparition du magnétophone moderne.

Cinquième partie

Les nouvelles technologies du XXe siècle

1903 : l'avion

L'invention de l'avion est laborieuse et s'étale sur plusieurs siècles si l'on tient compte des très nombreux croquis des machines volantes de Léonard de Vinci pour ne citer que cet exemple. D'ailleurs, les expériences de vol sont si multiples que le premier vol d'un avion aux États-Unis, celui des frères Wright en 1903, passe presque inaperçu dans les colonnes des journaux. Les deux frères, Wilbur et Orville, sensibles à la mise au point des planeurs de l'ingénieur allemand Otto Lilienthal, commencent leurs expérimentations avec la construction d'un cerf-volant biplan qu'ils utilisent en 1900. Durant trois années, ils effectuent plus d'un millier de vols et en tirent des leçons en introduisant un moteur à combustion de douze chevaux de leur propre fabrication. L'avion, baptisé *Flyer I*, s'envole pour la première fois le 17 décembre 1903 à Kitty Hawk, en Caroline du Nord. Cet événement permet alors à d'autres ingénieurs, notamment français, de réfléchir aux différentes formes que pourrait prendre l'aéroplane, et à des aviateurs comme Louis Blériot et Roland Garros d'accomplir leurs premiers exploits.

1904 : la diode

En 1883, Thomas Edison place une seconde électrode dans sa lampe à incandescence et observe qu'un courant inconnu passe de façon unidirectionnelle entre les deux électrodes. Il s'agit de l'effet thermo-ionique dont le physicien anglais John Flemming profite pour inventer le premier composant électronique en 1904. Il fabrique lui-même une lampe à deux électrodes, appelée diode, afin qu'elle serve de détecteur de signaux et de redresseur de courant dans les postes de TSF. Souffrant de défauts techniques, cette première diode est vite remplacée en 1906 par la triode de l'ingénieur américain Lee De Forest qui permet, outre le redressement, l'amplification.

1907 : l'hélicoptère

L'ancêtre de l'hélicoptère est la toupie volante des Chinois, un bâton muni de pales d'hélice à une extrémité que l'on fait tourner entre ses mains. Mais c'est Léonard de Vinci qui est assurément l'inventeur de la première machine volante propulsée par une hélice sustentatrice. En 1784, les Français Launoy et Bienvenu font voler un hélicoptère miniaturisé équipé de deux rotors à deux pales. L'Anglais George Cayley s'en inspire en 1796 pour fabriquer un même modèle miniature, mais dont les deux rotors ont quatre pales. Durant le XIXe siècle, deux projets différents d'hélicoptère à vapeur sont réalisés mais leurs essais sont des échecs. En 1907, les Français Louis Breguet et Paul Cornu se servent du moteur à essence, beaucoup moins lourd que la machine à vapeur, pour équiper et faire voler leurs hélicoptères, respectivement le *Breguet-Richet I* et l'*Antoinette*. Ces derniers restent néanmoins très instables et nécessitent des perfectionnements qui sont effectués par d'autres ingénieurs à travers le monde pour aboutir à une première production en série en 1940.

1915 : le gaz de combat

C'est durant la bataille d'Ypres, en avril 1915, que sont utilisés pour la première fois dans une guerre des gaz asphyxiants et mortels. Le premier gaz de combat à être employé est le chlore. Son initiateur est le chimiste allemand Fritz Haber, sous la direction du magnat Friedrich Carl Duisberg. Il réussit à produire cette nouvelle arme en un temps record mais son zèle lui vaut d'être comparé à un criminel par sa femme qui se suicide et par la communauté scientifique internationale qui s'indigne de le voir recevoir le prix Nobel de chimie en 1918 pour sa synthèse de l'ammoniac. La Première Guerre mondiale est le théâtre d'autres expérimentations de gaz mortels, comme le phosgène, dix fois plus toxiques que le chlore, la chloropicrine et l'ypérite, également appelée gaz moutarde en raison de l'odeur piquante qu'elle dégage.

1915 : le sonar

En 1915, l'Amirauté britannique met au point l'hydrophone, un microphone immergé qui capte le son des hélices et des moteurs, permettant ainsi de déterminer l'emplacement de sous-marins. Les perfectionnements techniques aboutissent même à la reconnaissance du type d'engin dissimulé sous l'eau. Plus tard, pour repérer les sous-marins immobiles, le dispositif est complété par un émetteur d'ultrasons nommé sonar (sound navigation ranging). L'orientation de l'écho et le temps qui s'écoule entre l'émission et la réception du signal permet d'obtenir la position du sous-marin recherché.

1916 : le char d'assaut

L'idée de recouvrir des véhicules de plaques de métal est très ancienne. Des machines de siège sont expérimentées et prennent des formes très différentes au fil des siècles. Le problème constant de la mobilité n'est résolu qu'en 1770 grâce à l'Irlandais Richard Edgeworth qui dépose le brevet de la chenille. Cette nouveauté permet à tout engin de se déplacer sur les terrains les plus difficiles. Les territoires du front de la Première Guerre mondiale, caractérisés par les barbelés, les cratères d'obus et les pluies de balles, deviennent ainsi le lieu idéal d'expérimentation des chars d'assaut modernes. C'est Winston Churchill, Premier lord de l'Amirauté à l'époque, qui autorise l'armée britannique à s'équiper de tels engins. Aussi le premier tank, nommé *Mark I*, est-il produit en série, suivi très rapidement d'une production française essentiellement incarnée par la firme Renault.

1918 : le supermarché

Le supermarché est une invention américaine : le premier du genre, associé au principe de libre-service, s'ouvre à Houston en 1918. New York accueille son premier supermarché, le Big Bear, en 1932, quatre ans avant l'invention du chariot. En France, il faut attendre les années 1950 pour voir apparaître ce type de surface commerciale dont les noms des initiateurs sont encore associés à de grandes enseignes actuelles.

1921 : le vaccin contre la tuberculose

Alors que la société occidentale du XIXe siècle a vu une partie de sa population mourir de la tuberculose, Albert Calmette et Camille Guérin, deux chercheurs de l'Institut Pasteur de Lille, mettent au point dans les années 1910 le vaccin luttant contre cette maladie. Leur remède est appelé BCG pour Bacille Calmette Guérin, l'injection de bacilles tuberculeux atténués. En 1921, le vaccin est utilisé sur des enfants pour la première fois. On observe à partir de cette date une chute de la mortalité annuelle par tuberculose, particulièrement dans la population française du fait du caractère obligatoire de la vaccination de tout nourrisson dès les premières semaines de sa vie.

1926 : la fusée

C'est le 16 mars 1926 que l'Américain Robert Hutchings Goddard procède au premier lancement d'une fusée à ergols à liquides et concrétise ainsi la volonté d'arracher un engin à l'attraction gravitationnelle. Il accomplit le rêve que bon nombre de chercheurs tentaient de réaliser, en vain. Il puise ses connaissances dans les théories que le Russe Konstantine Tsiolkovski, fasciné par les romans fantastiques de Jules Verne, a avancées dès 1895. Les perfectionnements sont nombreux, aussi bien en URSS qu'en Allemagne, et plus particulièrement à des fins militaires dans le contexte de la Seconde Guerre mondiale.

1926 : la télévision

L'année 1926 voit la première diffusion publique d'images télévisées par l'Écossais John Baird. Elle est l'aboutissement d'un long cheminement de découvertes et d'inventions faites dès la fin du XIXe siècle. Afin que des images mobiles soient transmises, l'ingénieur allemand Paul Nipkow réalise en 1884 le premier système de balayage rapide, un système qui est vite perfectionné avec l'invention de la cellule photoélectrique par les Allemands Julius Elster et Hans Geitel en 1889. Leur compatriote Karl Ferdinand Braun met au point une invention déterminante, le tube cathodique, en 1897. Pour ses travaux scientifiques, il recevra le prix Nobel de physique en 1909. À la suite de la démonstration publique de 1926, l'Américain d'origine russe Vladimir Zworykin dévoile son kinescope où l'écran du tube cathodique devient le petit écran du téléviseur. Ce dispositif plus moderne et cohérent est adopté, notamment par la société anglaise E.M.I., et exploité par la BBC en 1936. Il dépasse le Televisor, premier téléviseur grand public, que Baird commercialisa sans grand succès en 1930.

1927 : le cinéma parlant

Depuis l'invention du cinéma, bon nombre de firmes ont tenté de rendre le spectacle plus réaliste avec l'introduction du son, et plus précisément de la voix. Déjà en 1889, Thomas Edison élabore le kinetophone, constitué d'un kinétoscope dont le moteur entraîne un phonographe. Les résultats de cette expérimentation et de beaucoup d'autres sont très décevants et la recherche dans ce domaine semble un temps abandonnée. En

1927, les spectateurs profitent de la première réelle synchronisation des images et des paroles avec la sortie du film *Le chanteur de jazz* produit par Warner Bros et qui utilise le procédé Vitaphone. Mais l'enregistrement sur disque se prêtant mal à une synchronisation parfaite, on lui préfère trois ans plus tard l'enregistrement optique des sons sur une bande ou sur une piste sonore ménagée sur la pellicule.

1929 : l'accélérateur de particules

Dans les années 1920, le noyau atomique apparaît encore aux physiciens comme un assemblage de particules unies par des forces inconnues. Pour séparer le noyau et en déterminer ses composants, le Norvégien Rolf Wideröe propose en 1929 de fabriquer un accélérateur de haute fréquence dans lequel les noyaux seraient violemment bombardés avec des particules atomiques se déplaçant à la vitesse de la lumière. La construction de la machine est dirigée par l'Américain Ernest Orlando Lawrence qui recevra le prix Nobel de physique en 1939. Même si les résultats obtenus à l'époque sont décevants, l'accélérateur, devenu cyclotron après transformations, permet aux Français Frédéric et Irène Joliot-Curie de découvrir l'existence de la radioactivité artificielle en 1934, ce qui leur vaut de recevoir le prix Nobel de chimie un an plus tard. Il permet également à l'Américain Glenn Seaborg d'isoler l'élément 94, baptisé plutonium, en 1939, ce qui lui permet d'être couronné de la même distinction en 1951.

1935 : le Nylon

L'équipe de chercheurs dirigée par le chimiste Wallace Hume Carothers, professeur à l'université de Harvard, a pour objectif de produire une soie artificielle supérieure à la rayonne cellulosique alors disponible. Elle finit par trouver deux substances qui, par polymérisation simultanée, donnent la structure recherchée. L'invention est appelée Nylon 6.6 car les molécules de chacun des deux monomères découverts contiennent six atomes de carbone. Carothers réalise la synthèse du Nylon en 1935 mais le produit n'est rendu public qu'en 1938 par la société Du Pont de Nemours. Le succès de ce premier textile synthétique est considérable du fait de ses qualités (résistance, élasticité, imputrescibilité) et de ses applications, à commencer par la production de bas, de chemises et de parachutes.

1935 : le radar

C'est en craignant une attaque aérienne de l'armée allemande par suite de la montée en puissance des nazis que les Anglais sont les premiers à réfléchir à une défense efficace de leur ciel. Ils reprennent une idée déjà connue selon laquelle des ondes radio dirigées vers un obstacle peuvent être réfléchies par lui et détectées sur un récepteur adéquat. Le projet est appelé radar (radio detection and ranging). Le 27 février 1935, une première démonstration, permise grâce à un émetteur de la BBC, est organisée et offre des résultats assez encourageants pour que la recherche sur ce type de dispositif soit poursuivie. Le physicien écossais Robert Watson-Watt procède à quelques modifications : la puissance de l'émetteur est revue à la hausse tandis que la sensibilité de l'émetteur est accrue. Ces améliorations sont déterminantes car des échos sont clairement reçus le 17 juin 1935. À force de perfectionnements, le radar est institué dans la défense aérienne du pays et devient l'un des atouts de la Grande-Bretagne dans sa lutte contre la Luftwaffe lors de la bataille d'Angleterre en 1940.

1935 : le livre de poche

En écartant les ébauches d'ouvrages bon marché sortis en Allemagne au début des années 1920, on peut accorder la paternité du livre de poche à l'éditeur anglais Allen Lane qui, en 1935, lance le premier volume de sa collection Penguin. Lane propose un livre de petit format à couverture souple, distribué, outre dans les librairies, dans des kiosques ou des gares. Le premier titre édité est une traduction d'*Ariel, ou la vie de Shelley* d'André Maurois. En 1939, l'éditeur américain Simon and Schuster reprend l'idée et lance le Pocket Book. En France, la maison Hachette applique le même principe en 1953 pour une collection qu'elle nomme Le Livre de Poche et dont le premier titre est *Kœnigsmark* de Pierre Benoit.

1939 : l'avion à réaction

Alors que la tendance générale est aux turbopropulseurs, l'étudiant allemand Hans von Ohain brevette, en 1934, un turboréacteur dont il propose la réalisation à la firme aéronautique Heinkel. Il avance les qualités d'une turbine à gaz permettant d'obtenir une poussée continue réglable. À l'aube des désirs expansionnistes d'Adolf Hitler, l'Allemagne a tout intérêt à réfléchir à une modernisation de son aéronautique, mais le projet reste en suspens, faute du soutien du ministère de l'Air du IIIe Reich. Heinkel décide néanmoins de financer la réalisation des plans de Ohain et fait ainsi voler en 1939 le Heinkel He-178 sur un turboréacteur. Le ministère n'autorisera que trop tardivement la construction de ce nouveau type d'avion pour offrir à l'Allemagne un tournant décisif dans le conflit mondial : le premier Messerschmitt Me-262 ne volera qu'en 1942.

1939 : le DDT

Avant le célèbre insecticide synthétique appelé DDT, il faut essentiellement compter sur l'arséniate de plomb et sur le « vert de Paris » pour limiter la progression et la reproduction de parasites, qu'ils soient vers rongeurs ou mites. Le dichloro-diphényl-trichloréthane est synthétisé par le chimiste allemand Othmar Zeidler dès 1874. Le biochimiste suisse Paul Müller, travaillant pour le compte de la firme suisse Geigy, reprend la formule et en fait ressortir les propriétés toxiques et persistantes, ce qui lui vaudra de recevoir le prix Nobel de physiologie ou médecine en 1948. Geigy obtient le brevet pour le composé en 1940 et commercialise le DDT sous le nom de Gerasol. L'utilisation générale et parfois intensive de l'insecticide fait néanmoins réfléchir les scientifiques sur les effets de sa nocivité sur l'environnement.

1942 : la pile atomique

En 1939 sont découvertes la fission de l'uranium et la fission secondaire des neutrons. On pense alors récupérer l'énergie dégagée pour la transformer en énergie thermique ou électrique. Le physicien italien Enrico Fermi élabore donc la première pile atomique dans les locaux de l'université de Chicago en 1942. Son expérimentation est concluante et préfigure le fonctionnement du réacteur nucléaire, même si les usages immédiats de l'invention sont d'ordre militaire.

1943 : l'ordinateur

L'invention de l'ordinateur est la concrétisation du désir de l'homme d'élaborer un calculateur universel, idée née en Grande-Bretagne au XIXe siècle. C'est le perfectionnement de nombreuses techniques, particulièrement celles de l'électronique, qui permet d'aboutir en 1943 à la conception du premier véritable ordinateur appelé ENIAC (Electronic Numerical Integrator And Calculator). Construit trois ans plus tard à l'université de Pennsylvanie par J. Eckert et J. W. Mauchly, il pèse plus de trente tonnes et occupe 140 m^2. Il est précédé du Colossus qui est moins un calculateur universel qu'une machine spécialisée.

1944 : le missile balistique

C'est dans l'Allemagne nazie conquérante que sont menées des recherches afin de perfectionner la fusée militaire pour en faire un missile à longue portée. Dès 1938, le fuséologue Wernher von Braun mène sur la base de Peenemünde les essais des premiers V1 et V2 qui deviennent opérationnels en 1944. Pesant dix tonnes et contrôlé en vol par une direction gyroscopique, le V2 a la capacité de frapper un objectif situé à 300 kilomètres de sa base de départ. Cette arme inédite ne permet pourtant pas à l'Allemagne de reprendre le dessus dans le combat qu'elle mène.

1945 : la bombe atomique

Les travaux de recherche sur la bombe atomique sont conduits aux États-Unis par Robert Oppenheimer à partir de 1943. Au cœur du conflit mondial, le pays craint l'avance technologique de l'Allemagne nazie et prend la décision, par l'intermédiaire de ses savants, de fabriquer une bombe reposant sur les effets de la fission nucléaire découverts en 1939. Expérimentée dans le désert du Nouveau-Mexique en juillet 1945, elle est larguée le mois suivant sur le Japon, à Hiroshima et Nagasaki. Les conséquences tragiques des deux explosions mettent l'homme face à la cruauté de sa propre création. La bombe atomique installe un nouvel ordre mondial.

1947 : le transistor

Le transistor, composant miniaturisé visant à remplacer le tube électronique pour l'amplification de signaux, est mis au point par une équipe de trois chercheurs spécialisés dans les semi-conducteurs : John Bardeen, Walter Brattain et William Shockley des laboratoires de la société Bell. D'abord transistor à pointes en 1947, l'invention est rapidement modifiée pour devenir transistor à jonction en 1951, ce qui vaut aux trois hommes de recevoir le prix Nobel de physique en 1956.

1948 : l'appareil photographique instantané

Le jeune scientifique américain Edwin Land invente la feuille de Polaroid, aussitôt utilisée par sa firme pour la fabrication de lunettes et de filtres polarisants. À partir de cette feuille, Land créé le premier appareil photographique à développement instantané, commercialisé en 1948. Le boîtier rencontre un grand succès dans de nombreux foyers. Il se modernise en appliquant la couleur grâce à son film Polacolor en 1962.

1954 : la pilule contraceptive

En 1898, le professeur allemand Zschokke mène les premières expériences sur l'inhibition de l'ovulation, avant que des expériences datées des années 1920 et 1930 ne mettent en évidence le rôle de la progestérone dans un but contraceptif. Une fois définie la formulation, les expérimentations sur les êtres humains débutent. En 1954, le docteur Gregory Pincus, professeur à l'université de Harvard, utilise un dérivé de la progestérone, le noréthynodrel, pour réaliser la première pilule. Observant une réelle efficacité de son invention, il en autorise la commercialisation et ouvre ainsi la voie à la révolution sexuelle, notamment en France avec la loi Neuwirth votée en 1967.

1957 : le satellite artificiel

L'idée de moderniser les communications par l'emploi d'un satellite artificiel est émise par l'écrivain de science-fiction Arthur C. Clarke. Cette perspective se réalise partiellement avec la mise en orbite de *Spoutnik I* par l'Union soviétique le 4 octobre 1957. Le superviseur de l'engin aérospatial est l'ingénieur Sergei Korolev. Tournant autour de la Terre à une altitude de 950 kilomètres, ce premier satellite n'a encore aucun rôle pour les communications modernes car il n'émet qu'un signal. Soumis à l'attraction terrestre, *Spoutnik* entre dans l'atmosphère et se désintègre le 4 janvier 1958. L'expérience inédite amorce une rude compétition entre le monde soviétique et le monde occidental dans la conquête de l'espace.

1958 : le circuit intégré

Employé par Texas Instruments, le jeune Américain Jack Kilby crée le circuit intégré en reliant différents transistors entre eux. Fabriquée avec du silicium, son invention est vite perfectionnée avant d'être commercialisée en masse, sous la forme de petits boîtiers noirs équipés de pattes métalliques. Pour cette invention, Kilby reçoit le prix Nobel de physique en 2000.

1960 : le laser

Le laser (light amplification by stimulated emission of radiation) repose sur les découvertes d'Albert Einstein en physique quantique. L'ancêtre du laser est le maser, inventé en 1955 pour amplifier les micro-ondes. Le maser optique, également appelé laser à rubis, est réalisé en 1960 par le physicien américain Theodore Maiman. Dès lors, ses applications se diversifient : il est utilisé, entre autres, dans l'industrie et dans la médecine.

1968 : l'affichage à cristaux liquides

Amorcées par l'Allemand Friedrich Reinitzer à la fin du XIXe siècle, les recherches menées sur les cristaux liquides ne se concrétisent qu'en 1968, lorsque l'ingénieur américain George Heilmeier réalise le premier affichage grâce à un mince film de cristal liquide nématique soumis à un champ électrique. Objet de curiosité, le dispositif se perfectionne et entre dans la vie quotidienne des hommes, sous la forme du panneau d'information en 1971 ou de la montre en 1973.

1971 : le microprocesseur

C'est en ayant reçu la commande d'une calculatrice miniaturisée, en 1969, que l'ingénieur américain Marcian Hoff, employé par la firme Intel, travaille à la miniaturisation du circuit intégré. Il réunit sur une même microplaquette l'ensemble des circuits répondant à des fonctions élémentaires arithmétiques et logiques. Le premier microprocesseur est présenté en 1971, sous le nom de l'Intel 4004, avec 4 bits de traitement. Son immense avantage est d'être universel, c'est-à-dire programmable pour n'importe quelle application. La concurrence s'empare immédiatement de l'invention et lance une course infinie au perfectionnement. Parallèlement s'élabore le principe du premier micro-ordinateur personnel avec les Américains Steve Wozniak et Steve Jobs qui lancent l'Apple I en 1976.

1978 : le bébé-éprouvette

Face à la stérilité de certaines femmes due à l'obstruction des deux trompes reliant les ovaires à l'utérus, les médecins anglais Robert Edwards et Patrick Steptoe décident d'extraire un ovule, de le fertiliser en laboratoire et de le réimplanter dans l'utérus une fois la division des cellules commencée. Après dix ans de recherche, l'expérience est concluante et permet ainsi la naissance du premier bébé-éprouvette le 25 juillet 1978. La méthode française, appelée Fivete (fécondation in vitro et transfert d'embryon), est réalisée pour la première fois en 1981, donnant naissance à une fille, prénommée Amandine, le 25 février 1982.

1979 : le disque compact

Que le disque soit un 78 tours à aiguille ou un microsillon, ses signaux sont analogiques. Des travaux sur l'utilisation du numérique sont lancés dans de nombreuses firmes dans le courant des années 1970. On code le signal de façon binaire, par une succession de 0 et de 1, que l'on grave par laser sur une matrice qui créera le disque commercialisé. La lecture est également réalisée par un laser qui détecte les cavités microscopiques représentant les 0 et qui les transforme en impulsions électriques. Les nombreux avantages du disque compact, présenté publiquement par la marque Philips en 1979, annoncent la disparition de la galette noire. La même technologie est appliquée pour le DVD qui offre une capacité de stockage de données beaucoup plus importante.

1979 : le baladeur

C'est à Akio Morita, le fondateur de la firme Sony, que l'on doit le premier baladeur cassettes, en 1979. L'invention, baptisée Walkman, répond au besoin de la jeunesse de pouvoir écouter sa musique en tout lieu, sans déranger son entourage direct. Elle connaît un succès immédiat et l'essentiel de son apparence n'est remis en cause qu'avec l'arrivée de nouveaux supports sonores tels que le disque compact, le MiniDisc ou le mp3.

1981 : la navette spatiale

Imaginée par les Américains dès 1969 pour occuper l'espace, la navette spatiale est un engin qui doit répondre à plusieurs objectifs : transporter des astronautes et du matériel, mettre des satellites en orbite ou les réparer, permettre de construire une plate-forme et être réutilisable. La toute première réalisation est *Enterprise* qui, malgré quelques vols expérimentaux durant l'année 1977, n'est jamais mise en orbite. La première navette à voyager est *Columbia* qui décolle de cap Canaveral le 12 avril 1981. Elle accomplit plus d'une vingtaine de missions de la Nasa et détient le record du plus long vol. À son retour, le 1er février 2003, elle se désintègre dans l'atmosphère, causant la mort des sept membres de son équipage.

1981 : le TGV (train à grande vitesse)

Alors que le Japon met en service son Shinkansen à la fin des années 1950, la SNCF cherche à l'imiter en réfléchissant à l'usage de la grande vitesse sur voie ferrée. C'est un premier prototype de TGV équipé de turbines à gaz qui est testé en 1972. Mais, face au choc pétrolier, il est décidé de s'orienter exclusivement vers l'énergie électrique. Le projet du TGV, lancé par le président Pompidou en 1974, se concrétise avec l'ouverture au public, en 1981, d'une ligne entre Paris et Lyon atteignant la vitesse de 380 km/h en démonstration. Depuis, le TGV atteint un record de 574 km/h, son réseau s'est considérablement étendu et sa technologie s'exporte à travers le monde.

1981 : le Minitel

La norme Télétel, permettant d'acheminer des données par voie téléphonique, est à l'origine de l'invention du Minitel, un terminal individuel dont peut s'équiper chaque foyer pour obtenir des informations venues d'un centre serveur. Lancé en 1981, le Minitel est un succès typiquement français qui rend de nombreux services à ses abonnés. Répondant aux besoins d'une société vivant dans l'immédiateté, il annonce l'ère de l'Internet.

1983 : les OGM (organismes génétiquement modifiés)

Un OGM est un organisme vivant dont le patrimoine génétique a été modifié dans le principal but d'apporter ou de renforcer certaines de ses qualités. Il est le résultat des recherches menées sur le génie génétique tout au long de la deuxième moitié du XXe siècle. C'est en 1983, à Gand en Belgique, qu'est réalisé un tabac transgénique par l'équipe de Jeff Schell et Marc von Montagu. Les expérimentations en champ d'OGM sont lancées en Europe en 1986. Sujet sensible, les OGM divisent aujourd'hui l'opinion publique.

1991 : le World Wide Web

C'est dans le contexte de guerre froide que le ministère américain de la Défense a l'idée de mettre en liaison des ordinateurs. En 1969, quatre ordinateurs sont reliés à travers le pays et débutent leur communication. En 1972, alors que l'expérimentation est rendue publique, un système de messagerie électronique est installé. La grande révolution a lieu en août 1991, quand est lancé le projet World Wide Web par le scientifique britannique Tim Berners-Lee dans un laboratoire de physique de Genève de l'Organisation européenne pour la recherche nucléaire, le CERN. Démocratisé quelques années plus tard, ce nouveau système de communication entre dans les cadres professionnel et personnel des populations occidentalisées. Devenu le plus grand réseau du monde, il incarne l'autoroute de l'information du XXIe siècle. En 2008, le Web compte 1,4 milliard d'internautes, soit le quart de la population mondiale, et 165 millions de sites.

1992 : le téléphone mobile

L'ancêtre du téléphone mobile est très certainement le téléphone de voiture, lourd et encombrant, qui équipe les véhicules haut de gamme des années 1960. L'année 1992 constitue un tournant dans ce domaine avec l'adoption en France de la norme GSM (Global System for Mobile Communications) utilisant un signal numérique. Le téléphone portable se démocratise à la fin des années 1990 pour devenir un appareil incontournable dans la majorité des foyers de notre monde moderne. En 2008, on compte plus de trois milliards d'utilisateurs.

1996 : le clonage

C'est le 5 juillet 1996 qu'est annoncée la naissance du premier animal cloné, une brebis nommée Dolly. Elle est le résultat des recherches des biologistes Keith Campbell et Ian Wilmut du Roslin Institute d'Édimbourg qui ont réussi à réimplanter un noyau cellulaire issu des cellules de glande mammaire d'une brebis dans l'ovocyte d'une autre brebis. L'embryon in vitro ainsi constitué a été transplanté dans l'utérus de la brebis porteuse. Sujet très médiatisé, la réussite de l'expérience provoque aujourd'hui une polémique sur la reproduction d'êtres vivants sans fécondation et à l'identique.

Bibliographie

GALIANA (Thomas de), RIVAL (Michel), *Dictionnaire des inventeurs et inventions*, Larousse, 1996.

GERMA (Pierre), *Depuis quand ?*, Larousse, 2002.

PIERRAT (Éric), *Inventions et technologies*, Gallimard, collection « Vu », 2001.

RIVAL (Michel), *Les grandes inventions*, Larousse, collection « La mémoire de l'humanité », 1991 ; *Grandes inventions de l'humanité*, Larousse, 2005.

TAYLOR (Gordon), PAYEN (Jacques), *Les inventions qui ont changé le monde*, Sélection du Reader's Digest, 1983.

Index des inventions

Index des inventeurs

Librio

887

Composition PCA – 44400 Rezé
Achevé d'imprimer en France par Aubin
en septembre 2008 pour le compte de E.J.L.
87, quai Panhard-et-Levassor, 75013 Paris
Dépôt légal septembre 2008
EAN 9782290010723

Diffusion France et étranger : Flammarion